Dedicado a Oisín, Rohan y Aoife – A.B.
Dedicado a Sonny, Olly y G. G. – B.L.
Dedicado a Kaz, Ethan y Stevie – S.G.

Texto: © 2017, Alex Bellos y Ben Lyttleton
Ilustraciones: © 2017, Spike Gerrell

Primera edición: mayo de 2018

© de la traducción: 2018, Carol Isern
© de esta edición: 2018, Roca Editorial de Libros, S. L.
Av. Marquès de l'Argentera 17, pral.
08003 Barcelona
actualidad@rocaeditorial.com
www.rocalibros.com

Maquetación: Àngel Solé

Impreso por Egedsa
ISBN: 978-84-17092-73-3
Depósito legal: B-7566-2018
Código IBIC: YFC
Código del producto: RE92733

Todos los derechos reservados. Quedan rigurosamente prohibidas, sin la
autorización escrita de los titulares del copyright, bajo las sanciones establecidas
en las leyes, la reproducción total o parcial de esta obra por cualquier medio o
procedimiento, comprendidos la reprografía y el tratamiento informático, y la
distribución de ejemplares de ella mediante alquiler o préstamos públicos.

LOCOS POR EL FÚTBOL

TEMPORADA 2

EL MUNDO ~~EXPLICADO~~ SALVADO POR EL FÚTBOL

Alex Bellos y Ben Lyttleton

Ilustraciones de Spike Gerrell

¡Bienvenido a la temporada 2 de la Escuela de Fútbol!

Es genial estar otra vez con vosotros. Soy Alex.

Y yo soy Ben. Somos vuestros profesores.

O entrenadores, porque, en la Escuela de Fútbol, todas las lecciones son de fútbol.

¡Nuestras lecciones favoritas!

Creemos que podéis aprender un montón de cosas a través del fútbol.

¡En Física, expandiremos la mente al saber que los balones no son realmente redondos!

En Geografía, olisquearemos la caca de los dinosaurios para descubrir qué nos dice de la hierba.

Y en Biología, descubriremos si son los chicos o las chicas los que tienen mayor tendencia a chutar con el pie izquierdo.

¡Derecho!

¡No, izquierdo!

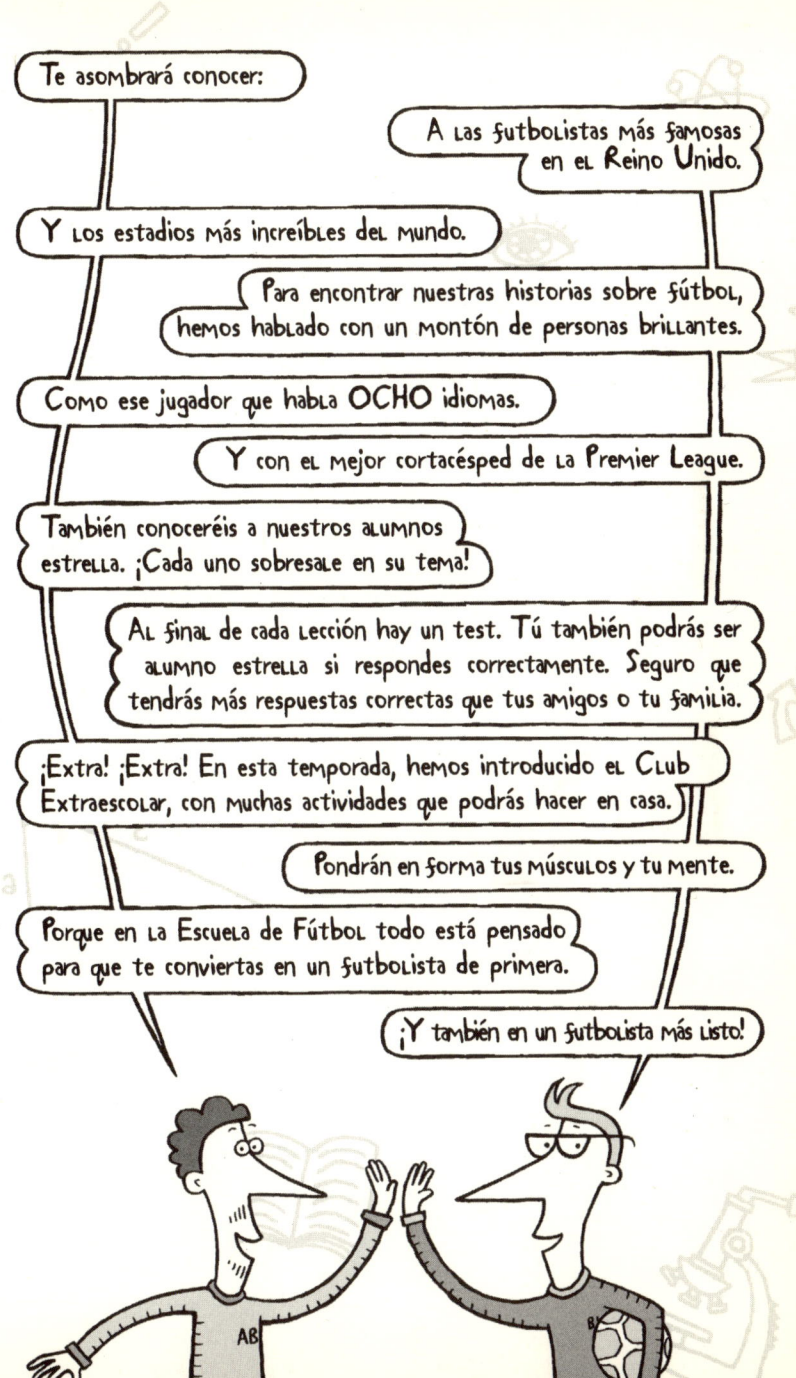

CONOCE A TUS ENTRENADORES

ALEX BELLINHOS BELLOS

"Tudo bem, amigo?"

☆☆ Entrenador datos

- **Lugar de nacimiento:** Oxford
- **Altura:** 1,72 m
- **Color del pelo:** Negro
- **Número favorito:** 22
- **Dato guay de mi ventana:** Veo el estadio de Wembley desde mi ventana
- **Tema favorito en la escuela:** Matemáticas
- **Libro favorito durante la escuela:** El Hobbit
- **Récord de toques al balón sin que caiga al suelo:** 22
- **Jugador favorito:** Garrincha (Brasil)
- **Corte de pelo favorito:** Marouane Fellaini (¡rizado y orgulloso de que lo sea!)
- **Gol favorito:** Archie Gemmill para Escocia contra los Países Bajos en la Copa del Mundo de 1978
- **Sueño futbolístico:** Heart of Midlothian gana la Champions

☆☆ Entrenador datos

Lugar de nacimiento: Londres
Altura: 1,82 m
Color del pelo: Marrón
Número favorito: 8
Dato guay de su casa: Al final de mi calle hay un parque donde jugar al fútbol
Asignatura favorita en la escuela: Inglés
Libro favorito durante la escuela: La isla del tesoro
Récord de toques al balón sin que caiga al suelo: 94
Jugador favorito: Ousmane Dembélé (Francia)
Corte de pelo favorito: The mullet (corto a los lados y largo por detrás) lo llevaba el jugador inglés Chris Waddle en la década de los noventa
Gol favorito: El penalti de Antonin Panenka en la Eurocopa de 1976
Sueño futbolístico: Que lo llamen para jugar con Inglaterra

BEN PLUMA, LYTTLETON

"¡Penalti, árbitro!"

ENTRADA

	LUNES	**MARTES**
ENTRADA		
LECCIÓN 1	**EDUCACIÓN SOCIAL Y SANITARIA** 10–21	**HISTORIA** 54–65
LECCIÓN 2		
LECCIÓN 3	**LENGUAS EXTRANJERAS** 22–39	**GEOGRAFÍA** 66–77
LECCIÓN 4		
COMIDA		
LECCIÓN 5	**FÍSICA** 40–51	**ESTUDIOS CINEMATOGRÁFICOS** 78–91
CLUB EXTRAESCOLAR	**PIES** 52–53	**MENTE** 92–93

¿Eres tan listo como nuestros alumnos estrella?

MIÉRCOLES	JUEVES	VIERNES
8.30–8.40			
DISEÑO Y TECNOLOGÍA 94–109	BIOLOGÍA 138–151	ARTE 178–189
LENGUA 110–121	MATEMÁTICAS 152–163	
13.00–14.00			
HISTORIA Y CULTURA DE LAS RELIGIONES 122–135	PSICOLOGÍA 164–175	EMPRENDIMIENTO 190–201
EQUILIBRIO 136–137	SALUD 176–177	RECUPERACIÓN 202–203

Las soluciones están en la página 206. ¡Pero no hagas trampa!

EDUCACIÓN SOCIAL Y SANITARIA

Lunes
Lección 1+2

¡Hola a todos! Empezamos la temporada 2 de la Escuela de Fútbol. Vamos a comenzar revelando un apestoso ritual que los futbolistas llevan a cabo al principio de cada temporada.

¡Los jugadores profesionales deben entregar a sus clubs unos tubos pequeños llenos de su mejor pis!

¿Os lo imagináis? ¡Puaj!

Pero es cierto. Todos los jugadores se dirigen al lavabo y orinan en unos pequeños tubos. Luego les entregan esos tubos llenos con ese caliente y dorado líquido a los médicos del equipo para que los analicen.

La orina es casi toda agua, pero también contiene pequeñas cantidades de otras sustancias. Los médicos analizan tales sustancias para detectar problemas de salud como infecciones, diabetes o alguna otra enfermedad que, de otra forma, no se detectarían.

En esta lección sabremos qué se puede averiguar a través de la orina. Echaremos un vistazo al sistema de agua de nuestro cuerpo: los fluidos entran, los fluidos salen, los fluidos están por todas partes.

¿Te entra sed al saber esto? Continúa bebiendo.

FUNCIONAMIENTO DEL AGUA

El agua no tiene color, ni sabor ni olor. ¡Parece un líquido muy aburrido!

Pero no es así. El agua nos mantiene vivos. En el interior de nuestro cuerpo, el agua está todo el tiempo trabajando para llevar a cabo las siguientes tareas:

- Reblandecer la comida para que pueda pasar por el sistema digestivo.
- Ayudar a que la sangre y los nutrientes circulen por todo el cuerpo.
- Regular la temperatura corporal.
- Conseguir que las articulaciones se muevan con suavidad.
- Expulsar los productos de desecho a través de la orina.

El agua hace tantas cosas que necesitamos beber una gran cantidad. De hecho, en nuestro cuerpo hay un montón de agua: llega a ser el sesenta por ciento de nuestro peso. Los humanos no somos carne y hueso, ¡somos agua!

Un adulto saludable puede pasar sin comer alrededor de un mes, siempre y cuando beba agua. (¡No recomendamos que lo intentes!) Pero un adulto no puede sobrevivir más de tres o cuatro días sin agua. Los humanos necesitamos el agua para sobrevivir.

UN TRABAJO DE SUDAR

El agua entra en nuestro cuerpo en forma de comida y de bebida.

El agua abandona nuestro cuerpo en forma de orina y de sudor. También hay pequeñas cantidades de agua en las heces y en el aliento. Ya hablaremos del pipí más adelante, pero ahora vamos a sacarle jugo al sudor.

El sudor es la herramienta que tiene el cuerpo para enfriarse. Cuando hace mucho calor o cuando estamos haciendo ejercicio, nuestros cuerpos se calientan y sudamos.

El sudor es, casi por entero, agua con un poco de sal: por eso el sudor tiene un sabor ligeramente salado. En la superficie de nuestro cuerpo hay millones de glándulas sudoríferas, que son unos tubos diminutos que producen sudor. Cuando el sudor sale por las glándulas, aparece en la superficie de la piel. Una vez que el sudor se encuentra en la superficie de la piel, empieza a desaparecer en el aire; este proceso se llama evaporación. Cuando el sudor se evapora, la temperatura del cuerpo baja. Y cuando el cuerpo pierde temperatura, se enfría.

Cuanto más caliente esté nuestro cuerpo, más sudamos. Cada persona suda en cantidad diferente: eso depende de la constitución de cada uno y de su forma física.

Las personas que hacen deporte sudan mucho. Los futbolistas expulsan entre uno y dos litros de sudor durante un partido, lo cual equivale a entre cuatro y ocho vasos de agua. En verano, cuando hace mucho calor, los jugadores pueden llegar a expulsar cuatro litros de sudor, o dieciséis vasos de agua, que es más o menos el cinco por ciento de su peso corporal. ¡Vaya!

NIVEL DEL AGUA

Si en nuestro cuerpo hay la cantidad correcta de agua, decimos que estamos **hidratados**. Si en nuestro cuerpo hay poca agua a causa de que sudamos y no bebemos lo suficiente, estamos **deshidratados.**

Estar deshidratado no es bueno. Nos puede producir dolor de cabeza, cansancio y falta de concentración, además de PONERNOS DE MUY MAL HUMOR. ¡Deberíais ver cómo se pone Alex cuando está deshidratado!

Los futbolistas procuran evitar la deshidratación porque eso afectaría a su juego. El médico de un equipo nos dijo que un cinco por ciento de reducción de la cantidad de agua en el cuerpo puede provocar un descenso en el rendimiento del veinte por ciento. En el campo, la deshidratación puede provocar:

- ⚽ Tiempos más lentos de reacción
- ⚽ Peor coordinación
- ⚽ Menor control de las articulaciones
- ⚽ Más posibilidades de desgarros musculares y esguinces

Para asegurarse de que están bien hidratados, los jugadores deben reemplazar el agua que pierden con el sudor. Por tal razón, los futbolistas tienen la costumbre de beber durante las pausas del juego.

HACER PIS

Volvamos a la otra manera en que nuestro cuerpo pierde agua: a través del **sistema urinario**, que es el que fabrica el pis.

Los órganos importantes del sistema urinario son los **riñones** y la **vejiga**. Todos nacemos con dos riñones, aunque solamente necesitamos que funcione uno para poder llevar una vida normal. La **orina**, o el pis, se fabrica en los riñones y luego viaja hasta la vejiga a través del **uréter**. Cuando la vejiga está casi llena, nuestro cerebro nos dice que debemos ir al lavabo. El pis sale del cuerpo a través de la **uretra**.

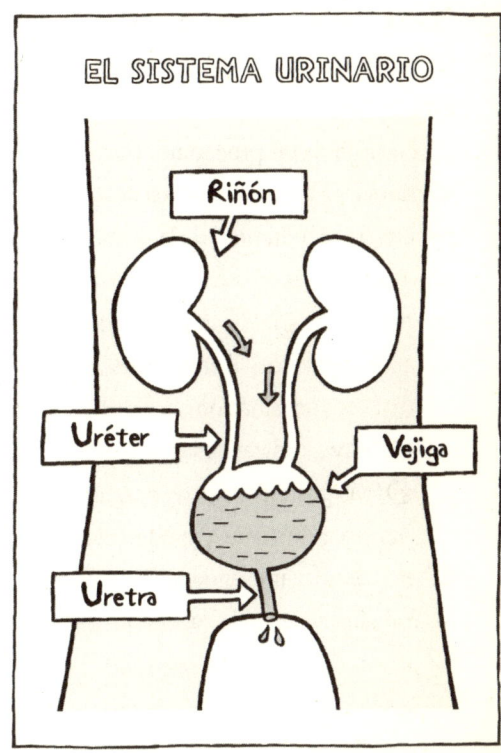

EL SISTEMA URINARIO

UNOS CHICOS LISTOS

Los riñones se aseguran de que nuestros cuerpos cuenten con la cantidad de agua adecuada.

Para comprender de qué manera lo hacen, debemos seguir el camino del agua a partir del momento en que entra por nuestra boca. En primer lugar, el agua fluye hasta el estómago, luego pasa al intestino y allí es absorbida a nuestra corriente sanguínea.

Es en este momento cuando intervienen los riñones. Cuando la sangre pasa por los riñones, estos filtran la sangre y extraen de ella el agua y los productos químicos de desecho. Esta agua y estos productos de desecho se convierten en pis.

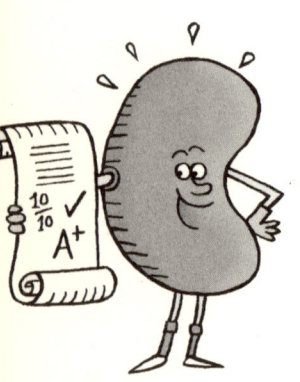

Pero nuestros riñones son listos. Si el cuerpo está deshidratado, gran parte del agua extraída se vuelve a absorber en nuestra sangre. Pero si el cuerpo está bien hidratado, el agua extraída se convierte en pis porque el cuerpo ya no la necesita.

En otras palabras, los riñones deciden cuánta orina fabricar basándose en lo hidratado que esté nuestro cuerpo. ¡Qué listos son!

El color del pis depende de cuánta cantidad de agua extraigan los riñones. Si una persona está bien hidratada, los riñones extraerán mucha agua. El pis será de un color amarillo claro porque los productos químicos estarán muy **diluidos.**

Pero si una persona está deshidratada, los riñones no extraerán tanta agua y el pis tendrá un color amarillo oscuro o, incluso, naranja oscuro, puesto que los desechos estarán mucho más **concentrados.**

¿CÓMO ES MI PIS?

Hemos visitado un club de fútbol profesional que tiene un esquema del color del pis en sus lavabos. Ese esquema muestra muchas gamas de amarillo, desde el más claro al más oscuro.

Los jugadores utilizan el esquema de color para comprobar que su pis tenga un color amarillo claro, lo cual significa que están bien hidratados. Si su pis es demasiado oscuro, sabrán que están deshidratados y que necesitan beber agua.

La próxima vez que vayas al lavabo, mira de qué color es tu pis. Si tiene un color amarillo claro, significará que estás bebiendo la cantidad de agua adecuada. Si tiene un color amarillo oscuro, deberías beber un poco más de agua ese día. ¡Y si tiene un color rojo brillante, quizá hayas comido un poco de remolacha!

¡NOS ENCANTA!

Muchas personas de todo el mundo se beben su propio pis. Lo hacen porque creen que eso es bueno para su salud y que, incluso, puede curar algunas enfermedades, a pesar de que no existen pruebas científicas que demuestren que eso es verdad. Entre los bebedores de pis más famosos encontramos al primer ministro de la India y a un campeón del mundo de boxeo mexicano. ¡Noqueado!

HACER PIS O NO HACER PIS

Además de agua y de sustancias de desecho en el pis se pueden encontrar signos de alguna enfermedad o infección. Por tal motivo, los médicos de los clubs analizan el pis de los jugadores. En la orina también se pueden encontrar pruebas de que los futbolistas han tomado drogas para aumentar su rendimiento, lo cual está prohibido.

Cuando se toman drogas, estas penetran en la corriente sanguínea. Los riñones las extraen y las depositan en el pis. En el sistema urinario no se puede esconder nada.

Por tal razón, a los jugadores profesionales se les pide a menudo que entreguen una muestra de orina en los entrenamientos o justo después de un partido. La policía del pis (conocida como **Agencia Antidopaje**) las analiza en busca de indicios de drogas.

Cuando un agente de la agencia le pide una muestra de orina a un jugador, este debe hacer pis en un tubo en presencia del agente para asegurarse de que el pis es el de ese momento, para cerciorarse de que no es una muestra que el jugador haya guardado de alguna otra vez o que pertenezca a otra persona.

¡Pero a alguna gente le cuesta mucho hacer pis en presencia de otra persona! Además, los jugadores deben hacer cierta cantidad de pis, así que si han sudado mucho deberán beber un montón de agua para poder entregar una muestra, lo cual puede provocar que el jugador esté vomitando o haciendo pis toda la noche. El médico de un club nos contó que, a veces, los jugadores tardan horas en poder hacer pis, lo cual les provoca una gran incomodidad porque eso hace que todo el equipo deba esperar antes de iniciar el viaje de regreso a casa.

GRACIAS, PAPÁ

Los riñones son esenciales para nuestra supervivencia, así que es bueno que tengamos dos. Si un riñón deja de funcionar, se puede continuar viviendo con el otro. Pero si los dos dejan de funcionar, deberás hacerte un trasplante que significa que te pondrán el riñón sano de otra persona. A veces, el cuerpo de la persona acepta el riñón nuevo y recupera la salud por completo. Pero, otras veces, el cuerpo lo rechaza y entonces hará falta otro trasplante.

En 2007, al delantero croata Ivan Klasnić se le diagnosticó un fallo de riñones. Su mamá decidió donarle uno de sus riñones, pero el cuerpo de Ivan lo rechazó. Luego su padre le dio uno de los suyos, y entonces sí funcionó. Klasnić se recuperó lo suficiente para jugar con Croacia en la Eurocopa 2008; marcó dos goles en uno de los partidos. Fue el primer paciente de trasplante de riñón que participaba en una gran competición. Pero, por desgracia, el riñón de su padre dejó de funcionar en 2016 y ahora Klasnić está esperando un nuevo donante.

GOLES Y PIS

El portero argentino Sergio Goycochea tenía una extraña costumbre antes de los penaltis. Se agachaba detrás de su propia portería y hacía pis en el campo. La primera vez que lo hizo fue en los cuartos de final contra Yugoslavia de la Copa del Mundo de 1990: paró dos penaltis y otro dio en el poste. Al cabo de unos días, hizo lo mismo en el partido de semifinal contra Italia: paró dos más. «Era mi ritual de la suerte», dijo.

AGAPITO PIS
ALUMNO ESTRELLA
«¿Una copita?»

ALUMNO ESTRELLA — datos

Duración máxima al hacer pis: 1 M 52 s
Capacidad de vejiga: 700 ML
Número de glándulas sudoríferas: 2 millones
Ingesta diaria de agua: 1.5 L
Lugar de nacimiento: Aguascalientes, México
Hincha de: Gallos de Aguacalientes
Jugador favorito: Matías Pisano
Habilidad: Gotear por todas partes

TEST DE EDUCACIÓN SOCIAL Y SANITARIA

1. ¿Cuál es el nombre científico del pis?

a) Bilis
b) Heces
c) Mocos
d) Orina

2. ¿Qué parte del cuerpo no tiene glándulas sudoríficas?

a) La nariz
b) Los labios
c) Las orejas
d) Las palmas de las manos

3. La fórmula química del agua es H_2O. ¿Qué significan H y O?

a) Hidrógeno y oxígeno
b) Hippo y Octopus
c) Húmedo y oxígeno
d) Hazard y Ozil

4. ¿Qué comida hace que el pis tenga un olor fuerte?

a) Espárragos
b) Berenjena
c) Aguacate
d) Remolacha

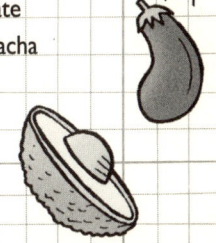

5. ¿Cuál de las siguientes afirmaciones es correcta?

a) Hacer pis era un deporte de competición en la antigua Grecia.
b) Los antiguos romanos utilizaban el pis para blanquear los dientes.
c) Los antiguos egipcios utilizaban el pis como perfume.
d) La sopa de pis era una exquisitez en la antigua Inglaterra.

LENGUAS EXTRANJERAS

Lunes
Lección 3+4

Todo el mundo entiende el idioma del fútbol.

Si te vas de vacaciones a otro país, es posible que juegues al fútbol con los locales, aunque nadie entienda ni una palabra de lo que dicen los demás.

De hecho, es posible estar en un equipo de fútbol y no comprender ni una palabra de lo que dicen los compañeros. Y ahora esto sucede mucho en el fútbol profesional. Los mejores equipos tienen jugadores procedentes de muchos países distintos que hablan diferentes idiomas. A veces se da la situación de que dos futbolistas no tienen un idioma en común. Así que, si están juntos (el uno al lado del otro durante la comida o sentados en el autocar del club), quizá no se puedan comunicar con palabras. Cuando los entrenadores no hablan el mismo idioma que los jugadores, utilizan un intérprete para que les traduzca todo lo que dicen y los futbolistas puedan comprenderlos. (Al final, los jugadores aprenden palabras del idioma local, pero ese aprendizaje requiere un poco de tiempo.)

En esta lección veremos por qué hay tantos idiomas diferentes y cómo se crearon. También aprenderás cosas sobre los pollos de Brasil.

Vamos! *Los geht's! Let's go! Allons-y!*

DIFUNDE LA PALABRA

La mayoría de los investigadores creen que los humanos modernos tienen su origen en la África de hace doscientos mil años. Esos primeros grupos de personas exploraban mucho. Se cree que ellos y sus descendientes salieron lentamente de África y se fueron asentando por todo el mundo.

Nuestros primeros ancestros debían gruñir y chillar para comunicarse entre ellos. A partir de esos curiosos sonidos, evolucionó el habla: un sistema de palabras como el que ahora utilizamos. Nuestra teoría es que los primeros humanos hablaban el mismo idioma. Sin embargo, cuando se fueron de África y se dispersaron por el mundo, ese primer idioma evolucionó y se convirtió en otros idiomas. ¡Si le añades muchas palabras nuevas a una lengua, se convierte en otro idioma! Actualmente, en el mundo se hablan unos siete mil idiomas.

Se puede apreciar cómo cambia una lengua si tomamos el ejemplo de los cambios que ha sufrido el español durante los últimos siglos. Aquí tenéis algunas palabras que ya no utilizamos. A nosotros nos encantan: ¿a Alex le encanta *folgar* todo el tiempo?

PALABRA ANTIGUA	CUÁNDO Y DÓNDE	SIGNIFICADO
Folgar	s. XVII, España	Holgar, descansar
Adelinar	s. XII, España	Caminar, dirigirse a algún lugar
Borrachería	s. XVI, España	Gran disparate
Encantamento	s. XVI, España	Encantamiento
Porro	s. XVI, España	Necio

Y un montón de palabras nuevas que tus tatarabuelos nunca habían oído decir se han introducido en el idioma.

PALABRAS NUEVAS	SIGNIFICADO
Friki	Extravagante, raro o excéntrico
Clic	Pulsación que se hace de alguno de los botones del ratón de un ordenador
Pantallazo	Captura del contenido que se visualiza en la pantalla de un ordenador
Tunear	Adaptar algo a los gustos o intereses personales
Precuela	Obra literaria o cinematográfica que cuenta hechos que preceden a los de la obra ya existente

SUENAN IGUAL

En Europa existen unos cuarenta idiomas principales. Muchos se parecen bastante entre ellos. Por ejemplo, el francés, el español, el portugués, el italiano y el rumano tienen muchas palabras en común porque todos proceden del latín, el idioma de los antiguos romanos. El inglés y el alemán tienen muchas similitudes, y también el sueco, el noruego, el danés y el islandés.

A menudo, los países que están cerca geográficamente tienen palabras parecidas. Es así porque las personas que viven cerca las unas de las otras comparten y toman prestadas palabras, igual que hacen con los bienes de comercio. Por ejemplo, pensemos en la palabra «fútbol»: se utilizó por primera vez en inglés hace quinientos años.

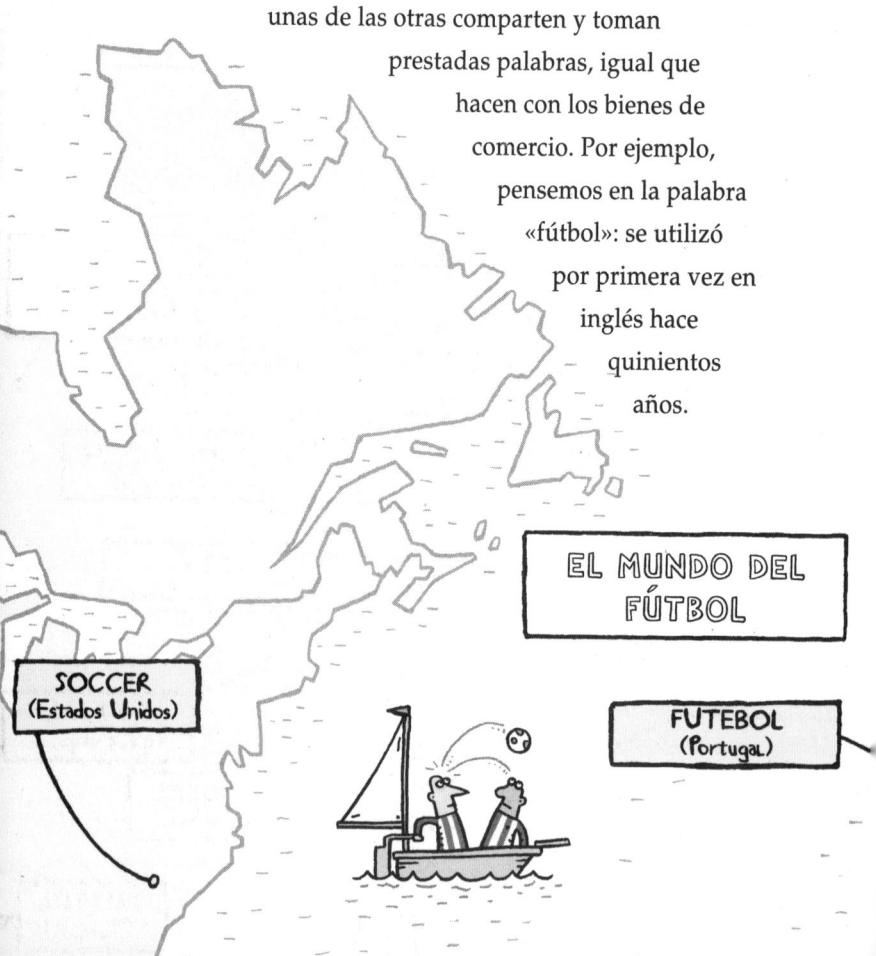

EL MUNDO DEL FÚTBOL

SOCCER
(Estados Unidos)

FUTEBOL
(Portugal)

El juego del fútbol no existía en esa época, así que «*football*» hacía referencia a un «instrumento redondo para jugar» con el pie.

PIE
BALÓN
BALOMPIÉ
(Fútbol)

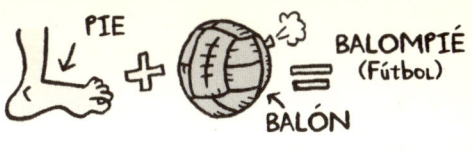

Pero hacia el siglo XIX, la palabra «*football*» ya hacía referencia al juego que conocemos hoy en día. A medida que este se hacía popular por todo el mundo, los diferentes países empezaron a hablar de él e introdujeron la palabra en sus idiomas. Pero la cambiaron un poco, para que se adecuara a sus reglas de pronunciación y ortografía.

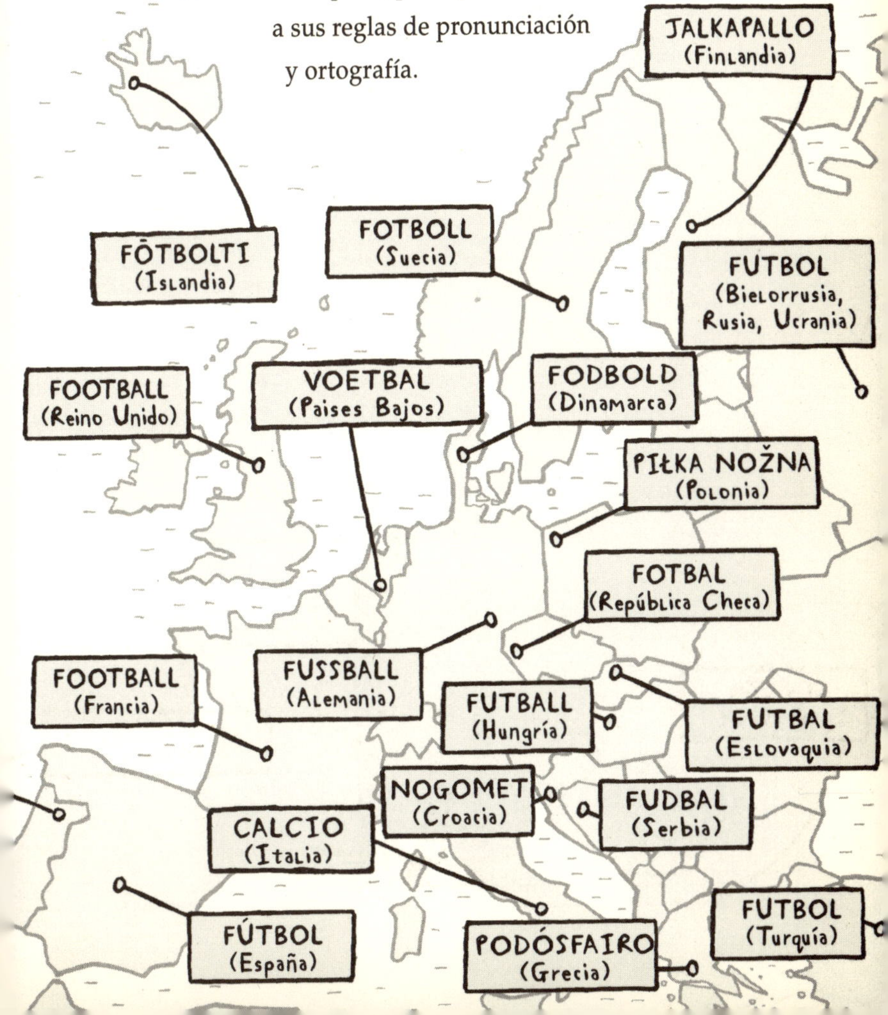
JALKAPALLO
(Finlandia)
FÓTBOLTI
(Islandia)
FOTBOLL
(Suecia)
FUTBOL
(Bielorrusia, Rusia, Ucrania)
FOOTBALL
(Reino Unido)
VOETBAL
(Paises Bajos)
FODBOLD
(Dinamarca)
PIŁKA NOŻNA
(Polonia)
FOTBAL
(República Checa)
FOOTBALL
(Francia)
FUSSBALL
(Alemania)
FUTBALL
(Hungría)
FUTBAL
(Eslovaquia)
NOGOMET
(Croacia)
FUDBAL
(Serbia)
CALCIO
(Italia)
FUTBOL
(Turquía)
FÚTBOL
(España)
PODÓSFAIRO
(Grecia)

LAS EXCEPCIONES

Tal como puedes ver en el mapa de la página anterior, algunos países tienen sus propias palabras para hacer referencia al fútbol, palabras que no se parecen en nada al vocablo inglés. Estos son algunos de los motivos:

Calcio **(Italia)**: *El calcio fiorentino* era un violento juego de pelota que tenía veintisiete jugadores por bando y que nació en la Florencia del siglo XVI. Los ingleses fundaron el Genoa, el primer club de fútbol italiano, pero los italianos no quisieron utilizar la palabra extranjera «*football*» para referirse al deporte. Así que continuaron con «*calcio*», que viene de la palabra italiana «*calciar*», que significa «dar una patada». *El calcio fiorentino*, ahora llamado «*calcio storico*» (fútbol histórico), se continúa jugando en Florencia durante el verano.

Nogomet **(Croacia)**: Es una combinación de las palabras «*noga*» (pie) y «*meta*» (objetivo). La acuñó a finales de la década de 1890 un lingüista llamado Slavko Rutzner-Radmilović cuando, mientras se comía un pastel en una pastelería de Zagreb, vio por la ventana a unos estudiantes patear una pelota en un parque. La palabra se utilizó indistintamente junto con «*football*» durante un tiempo, pero el primer club de fútbol de Zagreb, el PNIŠK, se fundó con la palabra «*nogomet*» (y no «*football*») en su nombre. A partir de entonces, otros clubs de Croacia también adoptaron la palabra «*nogomet*» en sus nombres.

Soccer (Estados Unidos): A finales del siglo XIX, la Escuela de Rugby de Inglaterra inventó un juego con un balón ovalado en el cual se permitía dar patadas y toques con las manos; lo llamaron «fútbol rugby». El otro juego, el del balón redondo y que organizaba la Asociación de Fútbol, se conocía como «fútbol de la Asociación». De «rugby» pasaron a la abreviación «*rugger*»; y de «Asociación», a «*soccer*». Durante mucho tiempo, en el Reino Unido, las palabras «*football*» y «*soccer*» se utilizaban indistintamente, aunque esta última ahora ya casi no se usa. Pero en Estados Unidos sí utilizan «*soccer*», puesto que allí «*football*» hace referencia a lo que para nosotros es el fútbol americano. ¡Vaya lío!

Piłka nożna **(Polonia)**: La palabra polaca para «fútbol» significa, literalmente, «pelota con piernas». «*Piłka*» es «pelota», y «*nożna*» es una palabra descriptiva (o adjetivo) que proviene de «*noga*» y que significa «pierna». Se copió, aunque de forma incorrecta, de la palabra inglesa para fútbol poco después de 1900. Se empezó a utilizar ampliamente después de la primera retransmisión por la radio de un partido de fútbol en 1929.

TRABALENGUAS

El fútbol profesional se ha convertido en un deporte tan internacional que actualmente los jugadores se trasladan de un país a otro varias veces durante su carrera. A veces los clubs ofrecen intérpretes a los futbolistas que no hablan el idioma local. Pero muchas veces los futbolistas aprenden el idioma. ¡Los que encontrarás en la tabla de más adelante tienen, decididamente, un pico de oro!

El lingüista más destacado de su generación es el centrocampista croata Ivan Rakitić, quien (además de hablar OCHO idiomas) ha ganado La Liga y la Champions con el Barcelona. ¡Le hemos hecho una entrevista para averiguar cómo consiguió ser tan *multimultilingüe*!

IVAN, TERRIBLEMENTE BUENO EN IDIOMAS

¿Cómo es que sabes tantos idiomas, Ivan?

Mis padres hablaban croata, y yo crecí en Suiza, donde se hablan muchos idiomas. ¡Ahora mi esposa es española, y en casa hablamos español! La comunicación es importante en un equipo, y yo siempre he querido aprender los idiomas de los clubs en los que he jugado y poder hablar con mis compañeros de equipo en su propia lengua.

¿Cuál es tu palabra favorita?

Love, amor, ljubav, Liebe, amour.

JUGADOR	NÚMERO DE IDIOMAS	IDIOMAS
Ivan Rakitić (Croacia)	8	Catalán, croata, inglés, francés, alemán, italiano, español, alemán de Suiza.
Mikel Arteta (España)	7	Vasco, catalán, inglés, francés, italiano, portugués, español.
Gelson Fernandes (Suiza)	7	Inglés, francés, alemán, italiano, portugués, español, alemán de Suiza.
Philippe Senderos (Suiza)	7	Inglés, francés, alemán, italiano, serbio, español, alemán de Suiza.
Clarence Seedorf (Países Bajos)	6	Inglés, holandés, italiano, portugués, español, surinamés.

¿En qué idioma sueñas?

¡En una mezcla de todos ellos!

¿Tus compañeros te llaman «el Diccionario»?

No, pero es genial poder hablar con la gente en su idioma, especialmente cuando acabas de llegar a su club. Eso ayuda a integrarte y a sentirte como en casa mucho antes.

¿Trabajarás de intérprete cuando te retires?

Todavía me queda mucho tiempo de jugar al fútbol, así que estoy concentrado en mi carrera de futbolista, pero cuando deje de jugar espero poder trabajar en un oficio que requiera un perfil internacional, el conocimiento de varios idiomas y viajar.

EL MARAVILLOSO MUNDO DE LAS PALABRAS

Los idiomas deben tener palabras para las cosas cotidianas, como «mano», «mesa» y «sol». Pero a veces se encuentran palabras increíbles que no existen en otros idiomas. He aquí algunas de nuestras favoritas. ¡Ojalá nosotros también las tuviéramos!

PALABRA	IDIOMA	REGIÓN	SIGNIFICADO
Abanyawoih-warrgahmarnegan-jginjeng	Nininj Gun-wok	Norte de Australia	He vuelto a cocinarles la carne equivocada
Embasan	Maguindanao	Filipinas	Darse un baño con la ropa puesta
Hanyauku	Rukwangali	Namibia	Caminar de puntillas sobre la arena caliente
Ribuytibuy	Mundari	La India y Bangladés	El sonido, la visión o el movimiento del trasero grande de una persona cuando camina
Zhaghzhagh	Persa	Irak	Castañeteo de los dientes a causa del frío o del enfado

PALABRAS DE ESPERANZA

Mi amas vin!*

*¡Te quiero!

He aquí un consejo para los jugadores que creen que aprender un segundo idioma es difícil. ¡Aprended esperanto! Es un idioma que se inventó para que fuera lo más sencillo posible de aprender.

El doctor polaco Ludwik Zamenhof creó el esperanto en 1887. Quería que la comunicación entre las personas de diferentes naciones resultara más sencilla, ya que creía que eso haría que todos fueran más amables los unos con los otros. Llamó a ese idioma «esperanto», que significa «uno que tiene esperanza».

Muchos cientos de miles de personas hablan este idioma, o (por lo menos) lo hablan un poco. Y el esperanto tiene, incluso, su propio equipo de fútbol compuesto por hablantes de Argentina, Brasil, la República Checa, Francia, Hungría, Nepal, Eslovaquia, Suiza y Taiwán.

En el fútbol, los diferentes idiomas suelen emplear expresiones diferentes para describir lo que sucede en un partido. Pasa la página y encontrarás el ABC (DEFG) del Diccionario de Alex y Ben (edición para irse de vacaciones).

Diccionario de Alex y Ben

biscotto (en italiano, «**galleta**»)

• Un partido que termina con un resultado que conviene a los dos contrincantes, en especial un empate en las primeras fases de un torneo. La expresión proviene de las carreras de caballos, en las que se les daba una galleta mezclada con sustancias prohibidas a los propios animales, para que fueran más rápidos o más lentos. Así se amañaba el resultado. ☻

cola de vaca (en español mismo)

• Es un movimiento en el que se detiene el balón y se cambia de dirección. Jugadores hábiles como Lionel Messi y Gareth Bale son expertos en ello; a veces mantienen la pelota cerca de los pies y dejan atrás a su contrincante. 👋

Fahrstuhlmannschaft (en alemán, «**equipo ascensor**»)

• Describe un equipo que siempre baja de categoría para, luego, volver a subir. ◯◯

brilstand (en holandés, «**gafas**»)

• Un partido sin goles, puesto que el 0-0 parecen unas gafas. ◯◯

Leyenda | ☻ = **táctica** | **X** = **error** | 👋 = **técnica** | ◯◯ = **charla del equipo**

(Edición para irse de vacaciones)

frango (en el portugués de Brasil, «pollo»)

• Es una de las expresiones más comunes del fútbol brasileño; hace referencia a un gol que se marca como resultado de un fallo clamoroso del portero. **X**

jisatsu-ten (en japonés, «punto de suicidio»)

• Un gol en propia portería. Hace referencia a cuando los antiguos guerreros japoneses, conocidos como «samuráis», se hacían el harakiri, es decir, se mataban a sí mismos para no sufrir la vergüenza de que sus enemigos los capturaran y los torturaran. En el campo, cada jugador tiene la responsabilidad de sus propios actos, ¡pero ellos no mueren si marcan un gol a su propio portero!

hacer un sombrero (en español mismo)

• Pasar la pelota por encima de la cabeza del contrincante y esquivarlo para recuperarla.

Diccionario de Alex y Ben

korokoro (en japonés, **el sonido de algo que rueda despacio por el suelo,** como un barril muy pesado que empujan por un campo o una bellota que rueda hasta un charco)

- Es un penalti que entra despacio en la portería y que el portero no consigue detener. ⚽

Notbremse (en alemán, «**frenos de emergencia**»)

- Una falta que un jugador comete deliberadamente para evitar que su oponente marque. Tal acción se castiga con la tarjeta roja. ⚽

lanterne rouge (en francés, «**linterna roja**»)

- Hace referencia al equipo que está en la cola de la clasificación. Recibe el nombre por el último vagón de un tren en Francia, que tiene una luz roja en la parte trasera. En alemán se utiliza la misma expresión: «rote Laterne». En español, «farolillo rojo». ◯◯

pipoqueiro (en el portugués de Brasil, «**vendedor de palomitas**»)

- Un jugador que evita correr riesgos y que no juega bien en los partidos importantes. ◯◯

Leyenda | ⚽ = **táctica** | X = **error** | 👟 = **técnica** | ◯◯ = **charla del equipo**

(Edición para irse de vacaciones)

saut de grenouille (en francés, «**salto de rana**»)

• Cuando un jugador sujeta el balón con los dos pies y salta por encima de la pierna de un contrincante. En América Latina también se conoce como «*cuauhteminha*» o «salto de Blanco», por el jugador mexicano Cuauhtémoc Blanco, quien lo popularizó en un partido contra Corea del Sur durante el Mundial de 1998.

zona Cesarini (en italiano, «**los últimos minutos de partido**»)

• Tiempo de descuento. La expresión viene del delantero de la Juventus Renato Cesarini, quien marcó un gol en el último momento en un Italia-Hungría en 1931. Una semana después, el Ambrosiana-Inter derrotó a la Roma con un gol final que provocó que el comentarista se refiriera al «gol de Cesarini». Con el tiempo, «zona Cesarini» se hizo popular para designar un gol en el último momento.

vuurpijl (en holandés, «**cohete**»)

• Un despeje defensivo en el que se tira el balón bien lejos de la otra portería y sin dejar que toque el suelo.

BINGO DE LENGUAJE

* Actualmente se hablan 7.000 idiomas.
* Cada quince días muere un idioma.
* Los idiomas pueden tener desde 11 hasta 144 sonidos distintos. En español, por ejemplo, hay más de 20
* El groenlandés solamente tiene 3 vocales
* Existen 121 idiomas de signos diferentes.

PURA COTORRA

☆ ALUMNA ESTRELLA ☆

¡Guten Tag! *¡Salaam!* *¡Bonjour!* *¡Hi!* *¡Hola!* *¡Ciao!*

"**Bonas paroli**"
(¡En esperanto, «charlar es bueno»!)

☆☆☆ ALUMNA ESTRELLA — **datos**

Idiomas hablados: 23
Idiomas que comprende: 15
Idiomas de signos estudiados:
Idiomas de signos que comprende:
Lugar de nacimiento: Los Loros (Chile)
Hincha de: Boca Juniors
Jugador favorito: Ryan Babel
Habilidad: Hablar bien y mucho

TEST DE LENGUAS EXTRANJERAS

1. ¿Qué significa «esperanto»?

a) Estoy desesperado por ir al baño.
b) Uno que tiene esperanza.
c) Me gusta jugar al fútbol.
d) Uno que habla diez idiomas.

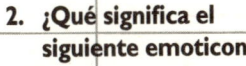
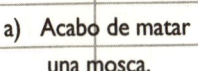

2. ¿Qué significa el siguiente emoticono?

a) Acabo de matar una mosca.
b) ¡Loado sea Dios!
c) ¡Bien hecho!
d) Me chorrea agua de las manos.

3. ¿Cómo se traduciría de forma literal el nombre del jugador Danny Drinkwater? en inglés?

a) Dani va de paseo.
b) Dani llega tarde.
c) Dani bebe agua.
d) Dani se está bañando.

4. En alemán, si estás *fernweh*, estás:

a) Deseando irte a un lugar muy lejano.
b) Lleno, después de haber comido demasiado.
c) Solo en medio del bosque.
d) Haciendo demasiadas preguntas, como siempre.

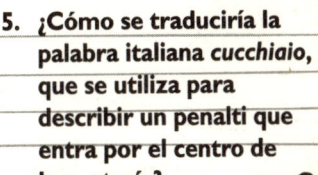

5. ¿Cómo se traduciría la palabra italiana *cucchiaio*, que se utiliza para describir un penalti que entra por el centro de la portería?

a) Donut.
b) Regalo.
c) Cuchara.
d) Pasta.

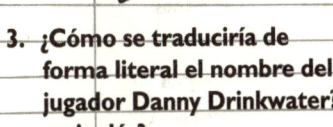

Un balón es redondo. ¡Simple!

Bueno, en realidad, no. Los balones profesionales son cualquier cosa menos simples. Para empezar, tienen cuatro partes: **trozos de cuero** en el exterior, un **revestimiento**, una cámara en el interior y un tubo especial llamado **válvula**. (Se hincha con una bomba de aire y una aguja que se inserta en la válvula.)

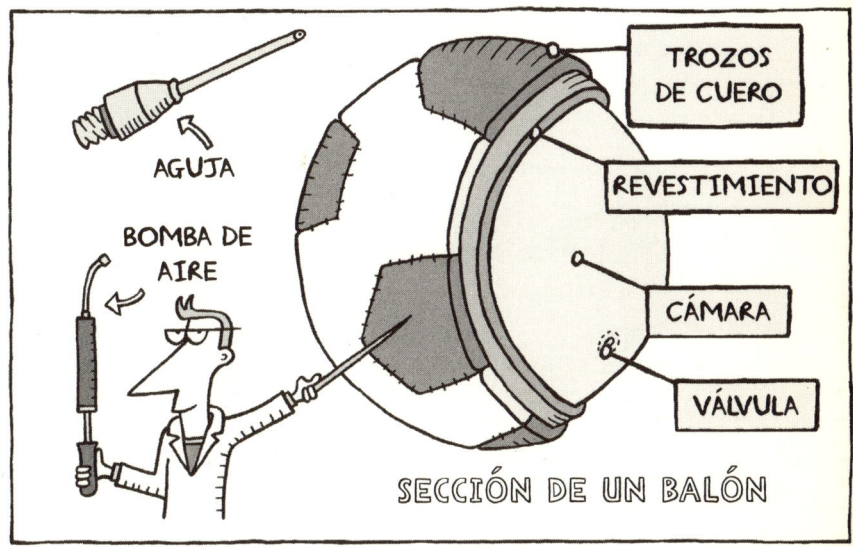

SECCIÓN DE UN BALÓN

En segundo lugar, y aunque no lo parezca, los balones no son exactamente redondos. En realidad, tienen una superficie irregular. Los trozos de cuero están cosidos, y tienen una textura irregular.

En esta lección veremos la forma que tienen los balones y aprenderemos cómo han evolucionado desde los tiempos en que se fabricaban a partir de la vejiga de los cerdos y se volvían tan pesados por culpa del agua que era casi imposible marcar un gol a 27 metros de distancia.

¡Oink, oink! ¡Splash, splash!

EL BALÓN

He aquí un repaso a las características más curiosas de los balones:

Los cerdos vuelan: Los primeros balones se fabricaban a partir de la vejiga de los cerdos. ¡Sí, a partir del órgano de los cerdos que almacena el pis! Las vejigas de los cerdos son ligeras y elásticas, y se pueden hinchar con aire y atar, lo cual las hacía ideales para fabricar balones. La vejiga se cubría con cuero para que mantuviera la forma y no explotara al recibir una patada. El balón más antiguo que ha llegado hasta hoy tiene unos quinientos años de antigüedad: lo confeccionaron con cuero de vaca cosido encima de una vejiga de cerdo; se descubrió en el castillo de Stirling, en Escocia.

El balón Goodyear: A mediados del siglo XIX, el inventor norteamericano Charles Goodyear descubrió la manera de convertir el látex (una sustancia lechosa que se encuentra en el árbol del caucho) en caucho duro. En 1855, confeccionó el primer balón con caucho: cosió unos trozos de caucho en las costuras del cuero y lo hinchó con aire. ¡*Boing!*

Una pelotera: En la Copa del Mundo de 1930, no había balón oficial. Uruguay y Argentina se enfrentaban en la final y cada uno quería utilizar su propio balón. Al final, la FIFA decidió que el balón argentino (que era un poco más ligero que el uruguayo) se utilizaría durante la primera parte del partido; el balón uruguayo se emplearía durante la segunda. Los argentinos ganaron la primera parte 2-1 con su propio balón, pero los uruguayos marcaron tres goles durante la segunda parte y ganaron por 4-2. ¡Parece ser que el balón fue determinante!

El tinte: Los primeros balones de cuero eran de color marrón. En la década de los cincuenta se introdujo el balón blanco para que los seguidores pudieran verlo bien durante los partidos. Una década más tarde, se hicieron los balones blancos y negros para que fueran más visibles en televisión. Ahora, por ejemplo, la Premier League tiene tres tipos de balón: uno blanco para el verano; uno amarillo y muy visible para el invierno; y uno naranja para cuando hay nieve.

Un peso pesado: Los primeros balones se confeccionaban cosiendo el cuero y con un agujero en la parte superior para la válvula, que se anudaba con cordón. Eso dejaba unos pequeños agujeros por los que se colaba el agua, lo cual hacía que el balón fuera más pesado. Las mejoras en el diseño de la válvula permitieron no utilizar más el cordón para la válvula (aunque en algunos deportes como el fútbol americano se mantiene el cordón como parte del diseño, porque eso facilita el lanzamiento del balón). Hoy en día, las capas de cuero de un balón profesional se unen con calor, de manera que el balón queda más protegido de las infiltraciones de agua.

Un balón mojado: Antes se utilizaba cuero de vaca en la parte exterior del balón. Hoy en día, se emplea un cuero sintético que imita el tacto del cuero y que absorbe menos agua. Algunos balones tienen una textura irregular, lo cual impide que se forme una capa de agua sobre el cuero y le confiere una mayor capacidad de agarre.

EL CUERO

La parte exterior del balón se confecciona uniendo unos trozos de cuero. Cuando el balón se hincha, los trozos de cuero se tensan y forman un balón redondo. He aquí las tres maneras en que se unen los trozos de cuero. Cada una parte de una forma geométrica.

Cubo
Número de trozos de cuero: 6

¡Es curioso pensar que un balón redondo pueda basarse en un cubo! ¡Pero eso es posible, y se hace! Los balones que se utilizaron en la Copa del Mundo de 2014 y en la Eurocopa de 2016 se confeccionaron con seis trozos de cuero con forma de hélice que encajaban entre ellos de manera similar a como lo hacen las caras de un cubo.

Dodecaedro
Número de trozos de cuero: 12

El dodecaedro se hace a partir de doce pentágonos idénticos. En la Premier League de 2017, por ejemplo, se empleó un balón basado en el dodecaedro.

TROZO CON FORMA DE HÉLICE

Icosaedro recortado

Número de trozos de cuero: 32

El icosaedro truncado es una forma que estudió por primera vez el matemático griego Arquímedes, hace más de dos mil años. ¡Pero no lo hizo para jugar a la pelota! Este balón se confecciona con veinte hexágonos y doce pentágonos. El diseño se convirtió en un clásico a partir de su utilización en la Copa del Mundo de 1970.

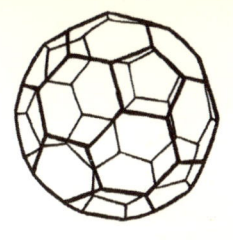

BALONES MUNDIALES

He aquí los balones de la Copa del Mundo desde 1970 hasta 2014:

AÑO	PAÍS ANFITRIÓN	NOMBRE DEL BALÓN
1970	México	Telstar Durlast
1974	Alemania Occidental	Telstar Durlast
1978	Argentina	Tango Durlast
1982	España	Tango España
1986	México	Azteca
1990	Italia	Etrusco Unico
1994	EE. UU.	Questra
1998	Francia	Tricolore
2002	Corea/Japón	Fevernova
2006	Alemania	Teamgeist
2010	Sudáfrica	Jabulani
2014	Brasil	Brazuca

La Copa del Mundo de fútbol femenino de 1999 se jugó con un balón especialmente diseñado para la ocasión y que llamaron Icon. Desde entonces, el campeonato se ha jugado con el Fevernova (2003), el Teamgeist (2007), el Speedcell (2011) y el Conext15 (2015).

CAMPO DE ENTRENAMIENTO DEL BALÓN

Los futbolistas profesionales tienen todo tipo de formas y tamaños, pero los balones profesionales deben ser todos iguales. Imagínate qué sucedería si un árbitro apareciera con un balón del tamaño de un guisante. O con un balón que rebotara como una pelota saltadora. Para asegurarse de que todos los balones profesionales son tan iguales como sea posible, la FIFA exige que pasen las siguientes pruebas:

1. Tamaño (circunferencia)

El balón debe tener una circunferencia de entre 68,5 y 69,5 centímetros. (Lo que mide toda la superficie.)

La prueba: se coloca el balón en una máquina que mide la circunferencia en 4.500 puntos diferentes.

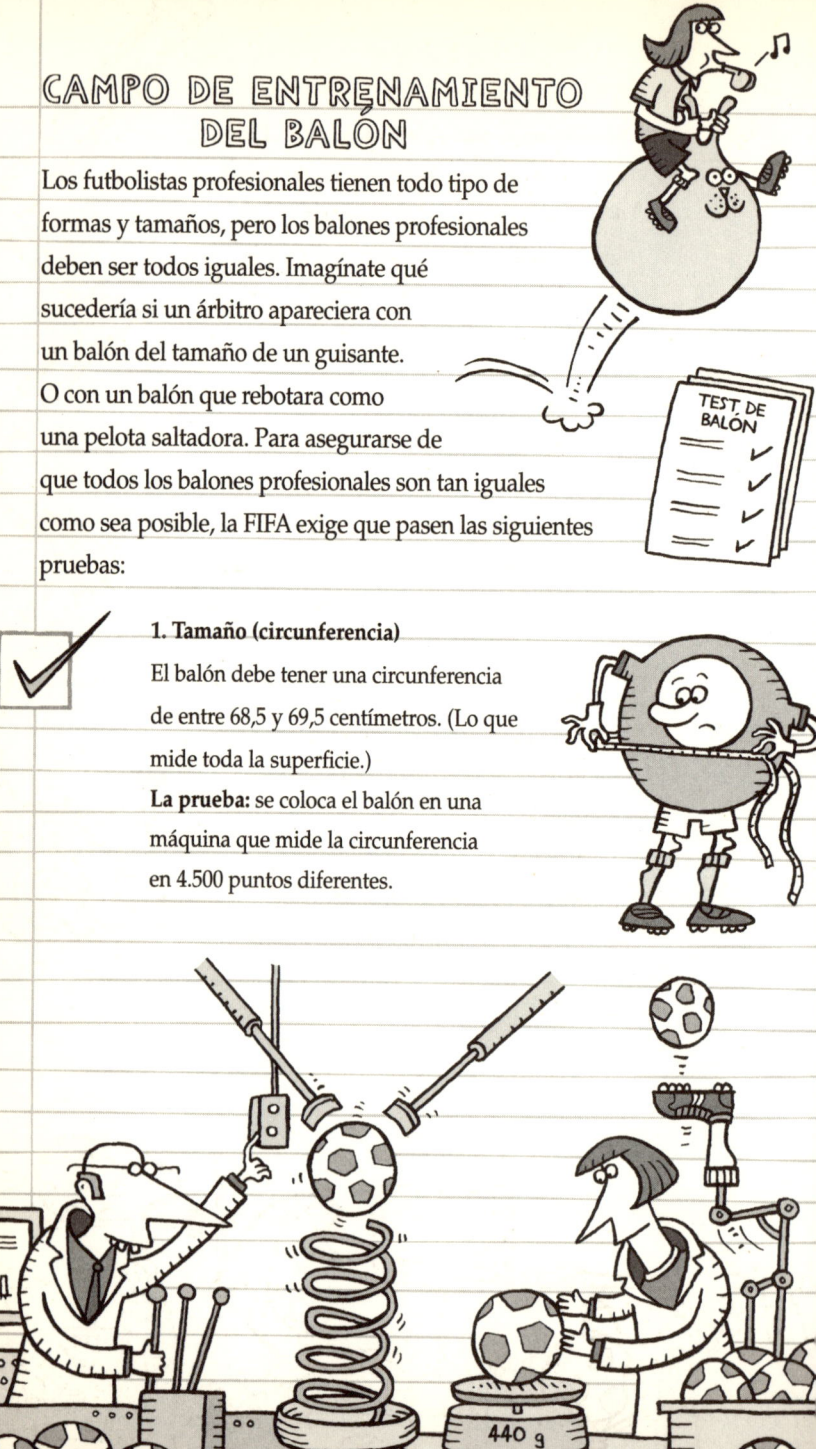

2. Redondez (esfericidad)

El balón no se debe desviar más de un 1,5% de una esfera perfecta, que es el término técnico de un objeto perfectamente redondo.

La prueba: la misma máquina que calcula la circunferencia también comprueba que sea esférica.

3. Rebote

Un balón que se deje caer sobre una superficie de acero a 2 metros de distancia debe rebotar a una altura de entre 135 y 155 centímetros.

La prueba: el balón se coloca en una máquina que lo deja caer y que mide el rebote diez veces.

4. Absorción de agua

Los balones no deben absorber más del 10 por ciento de su peso en agua.

La prueba: Se coloca el balón en un tanque lleno de agua. Un brazo mecánico hace girar el balón 250 veces dentro del agua; después se pesa el balón.

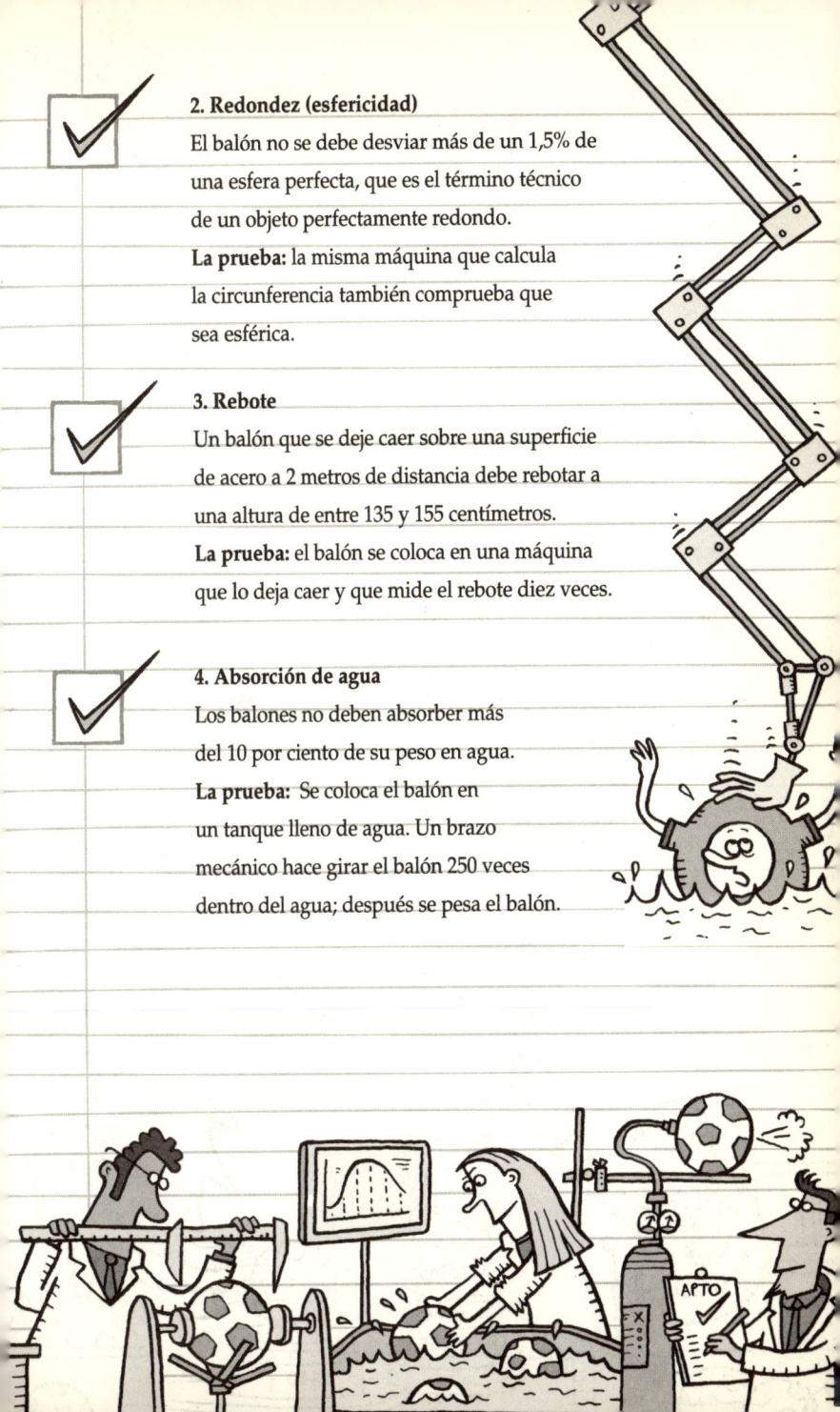

5. Peso

Los balones deben pesar entre 420 y 445 gramos.

La prueba: Se pesa el balón tres veces en el interior de una cámara que lo protege del viento.

6. Pérdida de presión

Los balones son firmes porque el aire de su interior presiona la superficie hacia fuera. La fuerza que ejerce el aire en el interior del balón se llama «presión del aire». La presión de un balón no debe disminuir más del 20% en tres días.

La prueba: Se hincha el balón hasta alcanzar la presión estándar; al cabo de setenta y dos horas, se vuelve a medir la presión.

7. Conservación de forma y tamaño

Después de recibir unas cuantas patadas, las costuras y la válvula de aire deben permanecer sin ningún deterioro; la superficie no debe haber cambiado más de un 1,5%, su esfericidad no tiene que haberse desviado más de un 1,5% y su presión no debe haber cambiado más de 0,1 bar (que es la unidad de presión).

La prueba: Se mide el balón. Luego se coloca en una máquina que la lanza 2.000 veces contra una plancha de acero a 50 kilómetros por hora, después de lo cual se vuelve a medir.

COSTURA

PARECE UN BUEN BALÓN

Tal como hemos visto, los trozos de cuero que se utilizan en los balones pueden tener forma de pentágono, de hexágono o de hélice. Ahora echemos un vistazo a las costuras que los unen. ¡Las costuras son más importantes de lo que parecen!

Las costuras evitan que el balón salga disparado hacia cualquier lugar. He aquí el porqué. La que tiene la superficie más lisa es la pelota de *ping-pong*. Si alguna vez has jugado al tenis de mesa, sabrás que, cuando la golpeas, la pelota rebota como una loca. Sucede porque la superficie de una pelota de *ping-pong* es muy lisa; cuanto más lisa es una pelota, menos predecible es su trayectoria. Por tal razón, las bolas de golf tienen hoyos: esos hoyos impiden que se bambolee cuando vuela por el aire.

Lo mismo sucede con el balón de fútbol. Un balón perfectamente redondo sería una pesadilla para los jugadores; en especial, para los porteros, puesto que su trayectoria en el aire sería difícil de controlar. Las costuras en su superficie impiden que el balón desvíe su trayectoria. Durante la Copa del Mundo de 2010, los jugadores se quejaron de que el balón oficial tomaba una trayectoria impredecible al patearlo o al darle un cabezazo. Una investigación llevada a cabo por científicos reveló que las costuras de ese balón no eran tan profundas como las habituales. De ahí que fuera imprevisible. ¡Vaya!

INCREÍBLE

Es una tradición que los jugadores que marcan un hat-trick se queden con el balón. Pero ¿qué sucede si más de un jugador marca tres goles en un mismo partido? En ese caso, el futbolista que ha conseguido el hat-trick en primer lugar se queda con el balón. Fue algo triste que les sucedió a los jugadores del Manchester City, Paul Stewart y David White, después de batir al Huddersfield por 10-1 en 1987. Ambos marcaron tripletes, pero también lo hizo Tony Adcock: que fue él quien cogió el balón, antes de que se lo llevaran para guardarlo en el armario de trofeos del club.

ALUMNA ESTRELLA

PEL OTTA

66 ¡No te pierdo de vista! 99

ALUMNA ESTRELLA — datos

Número favorito: 0
Número de hoyuelos: 12
Número de dimensiones: 3
Máximo de toques sin caer en el suelo: 12.000
Lugar de nacimiento: La Bola, España
Hincha de: Los Peloteros, Ecuador
Jugador favorito: Chris Rodon
Habilidad: Buena calculando los ángulos

TEST DE FÍSICA

1. **¿Cuál era la parte del cerdo que se utilizó durante muchos años para fabricar los balones?**

   a) Estómago
   b) Patas
   c) Trasero
   d) Vejiga

2. **¿Qué es lo que hace el árbitro con el balón antes del inicio de un partido profesional?**

   a) Se sube encima para asegurarse de que no explota
   b) Le da un beso como parte del ritual
   c) Comprueba la presión del aire para asegurarse de que es la correcta
   d) Lo huele

3. **¿Qué sucedió cuando un hincha del Liverpool lanzó una pelota de playa roja al campo durante el partido contra el Sunderland en 2009?**

   a) Uno de los jugadores del Liverpool marcó un gol con un cabezazo
   b) Los jugadores improvisaron un partido de voleibol
   c) El delantero del Sunderland marcó un gol cuando el balón rebotó en la pelota roja por detrás del portero del Liverpool
   d) Un hincha con bañador rojo y sombrero corrió a retirarla

4. **¿Qué sucedió cuando el centrocampista suizo Valon Behrami entró con los tacos por delante al delantero francés Antoine Griezmann durante un encuentro en la Eurocopa de 2016?**

   a) El balón explotó
   b) El balón impactó contra la cara de Behrai y lo noqueó
   c) Behrami escondió el balón debajo de su camiseta
   d) El balón se le pegó a la bota

5. **El balón Nike que se utilizó en la Liga española de 2016/17 se llamaba:**

   a) Prestige
   b) Catalyst
   c) Ordem
   d) Strike

LOS PIES PRIMERO

El fútbol se juega con los pies. Así que, si quieres ser bueno en el fútbol, debes cuidarlos. ¡Y eso no quiere decir procurar solamente que no huelan mal! Debes tener los pies fuertes para el fútbol porque, cuando corres, tus pies funcionan como palancas que impulsan todo tu cuerpo hacia delante. Y cuando recibes el balón y lo controlas, tus pies absorben el impacto.

En el primer club extraescolar de la semana, proponemos cuatro ejercicios para los tobillos y los pies que te ayudarán a fortalecerlos. Puedes hacerlos, incluso, en tu habitación, así que no hay excusa. Y ahora, ¡un paso al frente!

Ejercicio 1: Como un palo en equilibrio

Colócate de pie sobre una superficie plana y mantén la rodilla levantada durante diez segundos. Mira fijamente un punto de la pared para concentrarte mejor. Debes apoyar las manos en la cadera o dejar los brazos inertes a ambos lados del cuerpo. Luego hazlo con los ojos cerrados. Y después cambia de pierna. Cuando lo hagas mejor, cambia la superficie del suelo y colócate encima del cojín del sofá o de algo que no sea firme. Y cuando lo domines, intenta mantener el equilibrio durante 30 segundos.

BUENO PARA... fortalecer la musculatura y entrenar el cerebro
NIVEL DE DIFICULTAD: 1/4

Ejercicio 2: Una pesadilla para los talones

Ponte de puntillas. Mantente así durante 5 segundos y luego baja los talones. Repítelo 5 veces.

BUENO PARA… fortalecer los músculos de la parte trasera de la pierna y del pie
NIVEL DE DIFICULTAD: 2/4

¡Qué fastidio!

Ejercicio 3: Con el trasero en los tobillos

Descalzo, junta los pies y agáchate de manera que toques los tobillos con el trasero. Empieza aguantando la postura durante diez segundos y aumenta el tiempo de forma gradual hasta llegar a los treinta segundos.

BUENO PARA… la movilidad general que requiere tener los tobillos fuertes
NIVEL DE DIFICULTAD: 3/4

Ejercicio 4: Levantamiento de dedos

Quítate los zapatos y los calcetines. Aprieta el dedo gordo del pie contra el suelo mientras levantas los otros dedos. ¡No está permitido ayudarse con las manos! Este movimiento estira y flexiona los ligamentos. Empieza aguantando el estiramiento durante 10 segundos y aumenta el tiempo de forma gradual hasta llegar a los 30. No te olvides de cambiar de pie.

BUENO PARA… acelerar en el *sprint*.
NIVEL DE DIFICULTAD: 4/4

¡NOTA AL PIE! Haz solamente los que te resulten cómodos. No te pases del tiempo establecido para cada ejercicio porque ¡podrías lesionarte!

Martes
Lección 1+2

HISTORIA

Actualmente, las chicas juegan al fútbol en la escuela y sueñan con convertirse en jugadoras profesionales y ganar la Copa del Mundo.

Existen ligas profesionales de mujeres en países como Estados Unidos, Francia, Alemania y Suecia. Pero eso no siempre ha sido así. Hasta los últimos años del siglo XIX, casi ninguna mujer jugaba al fútbol.

Por tal razón, en 1984, Nettie Honeyball puso un anuncio en un periódico pidiendo mujeres que se unieran a ella para fundar el British Ladies' Football Club (Club de Fútbol de Señoras Inglesas). ¡Quizás hayas pensado que con un nombre como Nettie Honeyball (Nettie Balón de Miel) estaba destinada a adorar el fútbol! De todas formas, Nettie no era su nombre verdadero. Ella quería mantener en secreto su identidad, probablemente porque la idea de una mujer futbolista resultaba escandalosa en esa época.

El British Ladies' Football Club duró solamente un par de años. ¡Sin embargo, un par de décadas después, el fútbol femenino se convirtió en un fenómeno! En esta lección vamos a estudiar el momento de la historia en que el fútbol femenino fue más popular que el masculino. Sucedió en Inglaterra en una época en que las mujeres pedían tener las mismas oportunidades que los hombres. En la Escuela de Fútbol creemos que los hombres y las mujeres deben tener idénticas posibilidades, tanto dentro como fuera del campo.

FÁBRICA DE FÚTBOL

En 1914 empezó la Primera Guerra Mundial. El Reino Unido y Francia estaban en guerra contra Alemania, y durante los años siguientes varios millones de ingleses fueron a luchar a Francia. Pronto no quedaron hombres suficientes en Gran Bretaña para realizar muchos trabajos esenciales, en especial los que requerían esfuerzo físico. Tradicionalmente se suponía que las mujeres debían quedarse en casa y cuidar de los niños y del hogar, cocinando, limpiando. Sin embargo, durante la guerra, las mujeres salieron a ayudar y adoptaron roles nuevos como:

- Repartir el correo
- Trabajar en las fábricas
- Cuidar granjas
- Pescar
- Fabricar armas
- Enseñar en escuelas de niños

Uno de los lugares que más mujeres contrató durante la Primera Guerra Mundial fue Dick, Kerr and Company, una fábrica de Lancashire propiedad de W. B. Dick y de John Kerr. En ella se hacían tranvías, pero durante la guerra se empezaron a fabricar bombas y balas. La mezcla de trabajadores y trabajadoras resultaba nueva para todo el mundo y tuvo una consecuencia inesperada: un día de 1914, los hombres desafiaron a las mujeres a un partido de fútbol.

Un partido de fútbol con mujeres era una idea extraordinaria en esa época, puesto que las mujeres no jugaban a ese deporte. Pero eran tiempos de guerra y las mujeres estaban haciendo los mismos trabajos que los hombres, así que parecía sensato que ellas también pudieran jugar al fútbol.

Las mujeres se divirtieron tanto durante el partido que decidieron seguir jugando juntas. Ese mismo año organizaron un partido benéfico para conseguir dinero para el hospital local que cuidaba a los soldados heridos. Querían jugar contra otro equipo de mujeres, así que se lo pidieron a un grupo de mujeres de una fábrica cercana.

El partido se celebró el día de Navidad de 1917: las Dick - Kerr's Ladies, tal como se hicieron llamar, jugaron contra Arundel Coulthard Foundry. El lugar del encuentro fue Deepdale, en el estadio de Preston North End, el local del equipo profesional que había quedado inutilizado a causa de la guerra. El partido fue un éxito enorme. Unas diez mil personas fueron a verlo y se recaudó mucho dinero para el hospital.

UN JUEGO DE SEÑORAS

Ese partido fue la chispa que dio inicio al fútbol femenino. Dick - Kerr's Ladies empezó a jugar cada vez más lejos y atraía a miles de espectadores de todo el país. También se formaron otros equipos femeninos. Los propietarios de las fábricas estaban de acuerdo con que sus trabajadoras jugaran, pues eso les subía la moral, era saludable y proporcionaba un entretenimiento barato.

Incluso al terminar la Primera Guerra Mundial, el 11 de noviembre de 1918, el fútbol femenino continuó expandiéndose. Dick - Kerr's Ladies empezó a tener fama de ser el mejor equipo del país, pues era raro que perdiera. Sus partidos tenían muchos espectadores; cuando, en 1919, Dick - Kerr's Ladies viajó para enfrentarse al Newcastle United Ladies, ¡la cifra de espectadores fue de 35.000 personas!

Las jugadoras de Dick - Kerr's vestían igual que el equipo masculino: botas de fútbol, calcetines largos, pantalón corto y camiseta de rayas verticales blancas y negras (además de unos pequeños gorros para cubrirse el pelo). Las mujeres se hicieron famosas y fueron la inspiración de muchísimas otras.

La jornada del Boxing Day de 1920, el Dick - Kerr's Ladies jugó contra su rival el St. Helens Ladies en Goodison Park, Liverpool. El estadio estaba abarrotado por 53.000 hinchas. Además, hubo 14.000 personas que no pudieron entrar. Fue el mayor número de personas que ha habido en Liverpool. Las jugadoras necesitaron escolta policial para llegar a los vestuarios.

El equipo Dick - Kerr's Ladies ya tenía una agenda como la de un equipo profesional, y jugaba un promedio de dos veces por semana durante nueve meses al año. En 1920, el Dick - Kerr's Ladies jugó el primer partido internacional femenino contra Francia en Deepdale, ante una multitud de 25.000 personas. Ese mismo año también jugaron en Francia. Solo en 1921, el equipo jugó 67 partidos.

Pero no eran profesionales; solamente recibían dinero para los gastos del partido. Para recibir un sueldo, esas mujeres debían trabajar cinco días en la fábrica y hacer un turno antes del juego de entre semana. ¡Eran las futbolistas que trabajaban más duro de todo el país!

PROHIBICIÓN EN EL ESTADIO

Quizás hayáis pensado que el éxito del fútbol femenino recibiría los aplausos de la Asociación de Fútbol, en especial porque los partidos eran benéficos. Pero a la federación no le gustó en absoluto. Las mujeres atraían mucho más público que la liga profesional masculina, que se había reanudado en 1919, después de la guerra.

A finales de 1921, la federación prohibió que los clubs usaran sus estadios para el fútbol femenino. «El comité se siente obligado a expresar claramente su opinión de que el fútbol no es adecuado para las mujeres y no debería ser incentivado.» La prohibición fue devastadora: dejó a los equipos femeninos sin estadios lo suficientemente grandes para jugar. A pesar de que el Dick - Kerr's

Ladies continuó adelante, solo unos cuantos seguidores podían verlas jugar. Al final, el público las olvidó.

En 1922, a pesar de la prohibición, el Dick - Kerr's Ladies salió de gira por Estados Unidos y jugó ante públicos de 10.000 personas. Un periódico escribió:

> El equipo Dick - Kerr's es uno de los fenómenos más importantes que han visitado Estados Unidos.

No fue hasta 1971 cuando la federación eliminó la prohibición de que los clubs acogieran el fútbol femenino. A partir de entonces, empezó a crecer de nuevo este deporte, sobre todo desde que se jugó la primera Copa del Mundo de fútbol femenino en 1991.

LA MUJER MARAVILLA

Uno de los motivos por los que el Dick - Kerr's Ladies nunca perdió un partido fue porque tenían a la mejor jugadora de su generación. Lily Parr (1905-78) era de St. Helens, en Merseyside, y aprendió a jugar al fútbol con sus hermanos mayores. Entró a formar parte del Dick - Kerr's como extremo cuando tenía solamente catorce años. ¡Marcó 43 goles en su primera temporada! Parr era famosa por su fuerza y su agresivo estilo de juego.

De 1,80 de altura, sobrepasaba a todas sus compañeras de equipo. Según cuenta una historia, una vez pateó un balón con tanta fuerza que le rompió el brazo al portero (era un hombre), cuando este intentó pararlo.

Parr continuó jugando en el Dick - Kerr's Ladies después de la prohibición de la federación. Y también cuando este club (posteriormente) adoptó un nombre nuevo: Preston Ladies. No se retiró hasta 1951, cuando ya tenía una carrera brillante en la que había marcado 900 goles. Se la considera la mejor futbolista de todos los tiempos. En 2002, fue la primera mujer en formar parte del English Football Hall of Fame en el National Football Museum.

PARECIDAS A LILY

Creemos que las siguientes tres jugadoras están en el mismo rango que Lily Parr como mejores jugadoras de todos los tiempos:

Mia Hamm (Estados Unidos)

La delantera debutó con la selección de Estados Unidos cuando tenía solo quince años. Llegó a marcar 158 goles en 275 apariciones en equipos nacionales. Ganó dos Copas del Mundo y dos medallas de oro olímpicas. Hamm es copropietaria de un equipo de Los Ángeles y forma parte de la junta directiva de la Roma.

Marta (Brasil)

La delantera brasileña fue nombrada cinco veces la mejor jugadora del año de la FIFA (2006-2010). Es la máxima goleadora de los Mundiales. Con Brasil, su promedio supera el de un gol por partido. ¡Y ha jugado más de 100 encuentros con su selección!

Sun Wen (China)

La excapitana de China fue nombrada mejor jugadora del siglo por la FIFA después de haber ganado cuatro Copas Asiáticas y de haber competido en cuatro Copas del Mundo y en dos Juegos Olímpicos. Fue la máxima goleadora y la mejor jugadora en la Copa Mundial de fútbol femenino de 1999.

IGUALDAD DE DERECHOS

Cuando el Dick - Kerr's Ladies empezó a jugar al
fútbol, demostró que las mujeres eran capaces de hacer algo
que se consideraba propio exclusivamente de los hombres.
En esa época histórica, los hombres y las mujeres tenían
roles muy diferentes en la sociedad. A las mujeres se las veía
como cuidadoras del hogar, así que se quedaban en casa,
en lugar de ir a trabajar. Criaban a los hijos, servían a sus
maridos y se ocupaban de que la vida doméstica funcionara
adecuadamente. Los hombres estaban fuera de casa todo el día
y ganaban el dinero.

Pero había otras diferencias entre los roles y el estatus de los
hombres y de las mujeres. Quizá la diferencia más controvertida era
que solamente los hombres podían votar en las **elecciones generales**,
que es cuando el país elige a su presidente.

En los años anteriores a la Primera Guerra Mundial, algunas
mujeres estaban tan enfadadas porque no se les permitiera tomar parte
en las elecciones generales que iniciaron una campaña defendiendo su

derecho a votar. En 1903, Emmeline Pankhurst fundó un movimiento llamado Women's Social and Political Union (Unión Social y Política de Mujeres): uno de los varios movimientos que hicieron campaña en la época. Algunas activistas de estos movimientos (conocidas como sufragistas, puesto que «sufragio» significa «voto de quien tiene capacidad de elegir») emplearon técnicas violentas, como romper ventanas de edificios públicos o prenderles fuego y encadenarse a vallas. La policía las arrestó. Ellas hicieron una huelga de hambre en prisión, o sea, que se negaron a comer.

Cuando empezó la Primera Guerra Mundial, en 1914, la mayoría de las sufragistas interrumpieron su campaña para ayudar en la guerra. En 1918, el mismo año en que finalizó la guerra, el Gobierno permitió votar a las mujeres de más de 30 años, en parte gracias al papel vital que habían desempeñado las mujeres durante la guerra al adoptar el rol de los hombres. Una década después, en 1928, el Gobierno rebajó la edad de voto de las mujeres a veintiún años, que era la misma para los hombres. Desde entonces, los hombres y las mujeres tienen los mismos derechos de voto en el Reino Unido.

ELLA ESTÁ A CARGO

Más de 50 países han tenido mujeres como líderes electas, entre ellos:

PAÍS	DIRIGENTE	CARGO	FECHAS
Argentina	Cristina Kirchner	Presidenta	2007-15
Australia	Julia Gillard	Primera ministra	2010-13
Brasil	Dilma Rousseff	Presidenta	2011-16
Alemania	Angela Merkel	Canciller	Desde 2005
La India	Indira Gandhi	Primera ministra	1966-77, 1980-84
Reino Unido	Margaret Thatcher	Primera ministra	1979-90
Reino Unido	Theresa May	Primera ministra	Desde 2016

ALUMNA ESTRELLA

SU FRAGISTA

VÓTAME

"¡Justicia para todos!"

ALUMNA ESTRELLA datos

Número de votos: 12 millones
Número de hermanas: 4
Número de sombreros con rayas: 22
Órdenes de hombres acatadas: 0
Lugar de nacimiento: Hermanas Mirabal, República Dominicana
Hincha de: Club Libertad (Paraguay)
Árbitro favorito: Bibiana Steinhaus
Habilidad: Ganar en las votaciones de los equipos

TEST DE HISTORIA

1. **Durante la Primera Guerra Mundial, ¿por qué las mujeres empezaron a realizar muchos de los trabajos que antes hacían los hombres?**

a) Porque las mujeres son mejores que los hombres
b) Porque muchos hombres se habían alistado al ejército para luchar
c) Porque los hombres querían compañía en el trabajo
d) Porque las mujeres sacaban mejores notas en los exámenes

2. **Si juegas al fútbol, pero no te pagan por hacerlo, ¿qué clase de jugador eres?**

a) Un desastre
b) Semiprofesional
c) Malo
d) Aficionado

3. **¿Qué es una fundición?**

a) Una fábrica que funde metal
b) Una fábrica que utiliza material que encuentra por la calle
c) Un lugar donde uno va para secar la ropa
d) Una tienda de quesos

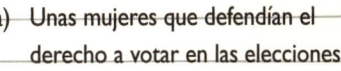

4. **¿Quiénes eran las sufragistas?**

a) Unas mujeres que defendían el derecho a votar en las elecciones
b) Unas hinchas de Suffolk
c) El nombre que se dio a las mujeres que apoyaban a los equipos perdedores
d) Un grupo de música femenino

5. **¿Qué equipo ha ganado más veces la Copa del Mundo de fútbol femenino?**

a) Alemania
b) Japón
c) Noruega
d) Estados Unidos

Los campos de juego han cambiado en muchos sentidos desde 1863, cuando se escribieron por primera vez las reglas del fútbol:

> ⚽ Antes la longitud máxima de un campo era de 183 metros. Hoy en día es de 105 metros.
> ⚽ Al principio no estaban marcados ni el punto de penalti, ni el área, ni la medialuna del área, ni la línea media de campo, ni el círculo central.
> ⚽ Las porterías eran solamente dos postes clavados en el suelo. Más tarde se colocó una cinta entre los postes. Luego, se introdujo el larguero y, al final, se añadió la red para evitar dudas sobre si se había marcado gol o no.

Pero hay una cosa que ha permanecido igual: la superficie del campo. El fútbol siempre se ha jugado sobre hierba.

En esta lección aprenderemos por qué la hierba es una de las plantas más increíbles del mundo. No solo es crucial para el fútbol y para muchos otros deportes, sino que también ha cambiado el curso de la civilización.

LA HIERBA ES ELEGANTE

La hierba es una de las plantas más antiguas. Los científicos creen que empezó a crecer hace unos 100 millones de años, durante la era de los dinosaurios, pues han encontrado cinco tipos de hierba en las heces de dinosaurio fosilizadas. ¡La cosa apesta!

- Todos los tipos de hierba tienen características similares. Todos cuentan con un tallo hueco y, normalmente, hojas o agujas que son largas, delgadas y relativamente rígidas. Algunos tipos de hierba tienen las hojas tan afiladas que pueden cortarte la piel.
- Existen muchas variedades de hierba. Existen 10.000 especies diferentes de hierba, incluida la hierba corta que se utiliza en los campos y una hierba que llega a ser más alta que una casa.
- La hierba vive mucho tiempo. Crece en casi todos los hábitats de la Tierra, incluidos los desiertos, los bosques lluviosos y la montaña.
- ¡Hay hierba por todas partes! La encontrarás en todos los continentes del mundo, incluso la Antártida. De hecho, el cuarenta por ciento de toda la tierra del mundo está cubierta de hierba.

PASTAR MOLA

Algunos de los alimentos más comunes son hierbas, como el trigo, el maíz, el arroz y la avena. Nosotros nos comemos las semillas de la hierba, que llamamos **cereales**. De hecho, cuando descubrió que podía cultivar la hierba para obtener cereales, el ser humano dejó de ser cazador-recolector y de trasladarse de un lugar a otro en busca de comida. Entonces los seres humanos nos convertimos en granjeros, nos asentamos en un lugar, cuidamos los campos y nos pusimos a almacenar los cereales para consumirlos durante todo el año. Ese fue el principio de los asentamientos, los pueblos y las ciudades.

Algunos animales, como las vacas, los caballos, las ovejas y los venados, también comen hierba. En realidad, la palabra «pastar» (que describe la forma de comer de estos animales) viene de «pasto», que significa «hierba».

Esto significa que la hierba es un alimento importante para los animales en dos sentidos. En primer lugar, es algo que nos comemos; en segundo lugar, es algo que comen los animales que nos comemos. El proceso que describe que unos animales (los seres humanos) comen animales (como la vaca) que comen hierba se llama **cadena alimentaria**.

HIERBAS MÚLTIPLES

El pan se hace con trigo, que es una hierba, y el azúcar se hace con caña de azúcar, que también es una hierba. Así pues, cuando comes un bocadillo con un zumo de naranja mientras miras un partido de fútbol, estás comiendo, bebiendo y mirando hierba al mismo tiempo.

UN SEÑOR SE FUE A SEGAR...

La hierba no sirve solamente para comer, sino que se ha convertido en una parte esencial de los jardines de las personas. A Ben le encanta cortar la hierba del jardín durante el fin de semana, aunque no consigue hacerlo de forma muy recta. ¡A Alex le sale mucho mejor! Los primeros campos de hierba fueron los que se encontraban alrededor de los castillos ingleses; en ellos se mantenía la hierba corta a causa tanto de los animales que pastaban como de los trabajadores que los cortaban con unas herramientas llamadas «guadañas». Era importante mantener la hierba corta para poder ver a los enemigos que se acercaban al castillo.

Hacia 1800, tener un campo de hierba alrededor de casa era un signo de riqueza, puesto que uno solo podía tener un campo de hierba si podía pagar a trabajadores para que lo segaran con una guadaña. Cortar la hierba con una guadaña era un trabajo lento y laborioso, y un campo grande requería un equipo de hombres con guadañas. ¡Muy caro!

Pero todo eso cambió gracias a Edwin Beard Budding, un inventor a quien una fábrica de ropa le pidió que encontrara la manera de cortar todos los hilos sobrantes de los uniformes de los soldados. Él inventó una máquina con un aparato que rotaba y que cortaba los hilos, y se dio cuenta de que esa máquina podía utilizarse para cortar la hierba… Así que en 1830 inventó el cortacésped.

El cortacésped hizo que mantener un campo de hierba fuera más fácil y más barato. El cortacésped de Budding fue un gran éxito y cambió nuestros jardines para siempre.

...SE FUE A SEGAR LA HIERBA DE UN CAMPO

Una de las canciones que más se cantaban durante los partidos del Chelsea es la canción infantil *Un señor se fue a segar*. Los hinchas creen que la introdujo un fan del equipo londinense que se llamaba Mickey Greenway, que se puso a cantar la versión de cinta de casete de esa canción mientras el Chelsea estaba jugando un partido amistoso en Suecia en 1981. Los hinchas del Chelsea también se pusieron a cantar con él. Total que, al final, la canción llegó hasta Stamford Bridge.

UNAS PLANTAS DEPORTIVAS

La hierba es diferente de otras plantas porque sus hojas crecen en la parte inferior del tallo. Eso significa que pueden soportar que los animales se las coman por arriba y que las pisen. Es esta resistencia la que las hace perfectas en el campo de fútbol. A diferencia de otras plantas, no muere cuando las pisan.

A pesar de que las hojas de algunas hierbas pueden ser muy afiladas, otras especies pueden resultar muy blandas. Las hierbas más blandas son ideales para el deporte, pues funcionan como un colchón cuando los jugadores caen al suelo. Ni siquiera los mejores céspedes artificiales llegan a ser tan suaves como un campo de césped bien cuidado.

GUERRA EN EL CÉSPED

Igual que los antiguos propietarios de castillos contrataban a personas para que se encargaran del mantenimiento de sus campos de hierba, los clubs de fútbol también lo hacen. Quisimos saber más cosas al respecto, así que fuimos a visitar un club que tiene una gran reputación y al hombre que contribuyó a que la tuviera.

El Leicester City sorprendió a todo el mundo al ganar el título de la Premier League 2015/16. Pero ese no fue el único premio que consiguió esa temporada: gracias a su magnífico estadio del King Power Stadium y a sus campos de entrenamiento, el club ganó el premio de Mejor Campo de Fútbol Profesional del Año. ¡Imagínate la alegría del club! Lo celebraron dibujando, el último día de la temporada, unas formas de diamante con una estrella en el interior de cada uno de ellos en el césped del terreno de juego. Era un patrón perfectamente simétrico y celebraba el doble éxito del club. «Fue como hacer un dibujo con puntos», explicó el responsable del campo, John Ledwidge.

El Leicester ha llegado a ser un equipo muy conocido por sus originales dibujos en el campo. En Remembrance Sunday (Domingo del Recuerdo) de noviembre de 2016 dibujaron la imagen de un

cachorro. ¡Pero el equipo perdió por 2-1! ¡Quizás ahora ya no quieran recordar ese día!

Ledwidge quiso dibujar una imagen del balón de la Champions League en el centro del círculo antes de los partidos europeos, pero la UEFA, el máximo organismo europeo, lo prohibió. Adujo que, para los partidos de la Champions, los campos debían tener dibujos de líneas rectas. Ledwidge siempre propone ideas de diseños extravagantes. ¡Sería capaz de dibujar el escudo de la Escuela de Fútbol en nuestro campo si se lo pidiéramos!

BUENA MANO PARA LAS PLANTAS

Ledwidge tiene una gran habilidad para crear dibujos en la hierba, a pesar de que esta solo tiene un color: el verde. Es capaz de conseguir tonos de verde moviendo las briznas en una dirección u otra: las que se alejan del cortacésped se ven más luminosas, mientras que las que quedan en dirección al cortacésped parecen más oscuras. Ledwidge consigue un gran contraste entre distintos tonos de verde gracias a un rodillo que aplasta la hierba todavía más. «Intentamos ser todo lo creativos que podemos dentro de los límites de disponer solamente de verde oscuro y verde claro —nos cuenta—. ¡En realidad, somos unos científicos locos!»

¡Nuestro campo es el mejor!

Para crear el campo perfecto, Ledwidge clava cada día un palo (que llama «sonda de humedad») unos quince centímetros en el césped para controlar los niveles de humedad. La sonda contiene unos sensores que indican cuánta agua necesita la hierba ese día. En otras palabras, le pregunta a la hierba si tiene sed.

Además, cada mes toma unas muestras de tierra para comprobar los niveles de nutrientes. ¡Así que le pregunta a la hierba si tiene hambre! Y entonces Ledwidge elabora una mezcla especial para rociar la hierba a partir de lo que averigua.

En verano, la hierba necesita más agua para permanecer hidratada (igual que un futbolista), mientras que en invierno precisa **nutrientes**, como hierro y potasio, para fortalecerse. Ledwidge incluso añade azúcar líquido y algas en la mezcla para que la hierba esté sana. Parece ser que el Manchester City incluso ponía ajo en la mezcla… ¡y eso no es bueno si los vampiros quieren jugar en ese campo!

FANTÁSTICOS DATOS SOBRE LEDWIDGE

En verano podemos llegar a segar el campo tres veces al día.

Cada año se utilizan 2.000 litros de pintura para marcar los campos (siete para el de entrenamiento y uno en el estadio).

Caminamos 12 kilómetros cada vez que segamos el campo con un solo cortacésped.

UN CAMPO PERFECTO

Siempre vemos la hierba de la superficie del campo, pero aquí te mostramos lo que sucede por debajo:

HIERBA
25mm
¡Para jugar al fútbol!

HIERBA ARTIFICIAL
180mm
Hierba artificial hecha con fibras sintéticas adherida a una mezcla de arena y tierra. Ayuda a fijar las raíces del césped.

ARENA
200mm
Para facilitar el drenaje y evitar que se encharque el agua, ya que el agua baja desde la hierba hasta las raíces.

CAPA DE GRAVA
Por donde corren las tuberías para expulsar el agua.

¿CÓMO CRECE TU JARDÍN?

La altura de la hierba del campo depende del tipo de deporte. Por ejemplo, en el rugby, la pelota no toca el suelo, así que la hierba es más alta que en otros deportes. Y algunos requieren, incluso, que la hierba sea más alta.

CAMPO DEPORTIVO	ALTURA DE LA HIERBA (MM)
Críquet	0
Golf	2-3
Bolos sobre hierba	4,5
Tenis	8-12
Fútbol	25-30
Rugby	30-50
Carreras de caballos	60+

GUY MANOSTIJERAS

★ ALUMNO ESTRELLA

"¡Primero las melenas!"

★★★ ALUMNO ESTRELLA — **datos**

Grosor del pelo: 50mm
Ingesta diaria de agua: 4L
Potencia máquina cortapelo: 100w
Récord de *Un señor se fue a segar*: 84 señores
Lugar de nacimiento: El Prado, España
Hincha de: Prado Fútbol Club (Colombia)
Jugador favorito: Jorge Campos
Habilidad: Cortar al ras

TEST DE GEOGRAFÍA

1. **¿Cuál es la canción relacionada con la hierba que cantan los hinchas del Chelsea?**

   a) *La verde verde verde hierba del hogar*
   b) *Un señor se fue a segar*
   c) *Verde, verde hierba crece por todas partes*
   d) *¿Cómo crece la hierba?*

2. **¿Por qué es verde la hierba?**

   a) No lo es. ¡Es azul!
   b) El sol la pinta de color verde por la noche
   c) Para que los saltamontes puedan saltar en ella sin ser vistos
   d) La hierba produce un pigmento llamado clorofila que refleja la luz verde

3. **Las plantas en descomposición son comidas por las moscas, que son comidas por las arañas, que son comidas por los ratones, que son comidos por los zorros. ¿Qué animal se come a los zorros en esta cadena alimenticia?**

   a) El ornitorrinco
   b) La mosca
   c) El unicornio
   d) El oso

4. **¿Qué país introdujo en su liga de 2016 una regla que decía que la hierba debía ser más verde para resultar más atractiva a los hinchas y a los patrocinadores?**

   a) España
   b) Rusia
   c) China
   d) Groenlandia

   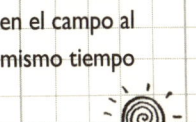

5. **¿Qué tenía de especial el cortacésped que empezó a usar el Forest Green Rovers en 2012?**

   a) Lo construyeron los propios jugadores
   b) Utilizaba energía solar y lo manejaba un robot
   c) El hijo del capitán, de ocho años, fue contratado para segar el campo
   d) Pintaba las marcas en el campo al mismo tiempo

ESTUDIOS CINEMATOGRÁFICOS

Martes
Lección 5

¿Qué equipo llega al estadio un día antes de un partido de fútbol?

¡El equipo de televisión!

Cuando nos sentamos delante del televisor para ver un gran partido, esperamos ver todos los momentos importantes del encuentro. Queremos ver cada gol desde diferentes ángulos. También queremos ver primeros planos de los jugadores y los capitanes, así como planos generales. Eso significa que el equipo de televisión tiene que trabajar mucho.

De hecho, una retransmisión por televisión de un partido de 90 minutos se parece, en muchos aspectos, a una película de 90 minutos de las que veis en los cines. Ambas muestran un montón de imágenes deslumbrantes y dramáticas, a todo color y en alta definición, y ambas necesitan mucha preparación técnica.

En la lección de hoy vamos a saber cómo se filma un partido de fútbol para la televisión.

¡Luz! ¡Cámara! ¡Acción!

VAYA LÍO

Esta es la lista del equipo básico que necesita una empresa de televisión para televisar un partido de fútbol:

- ⚽ Cámaras de TV
- ⚽ Cables
- ⚽ Pantallas de TV
- ⚽ Ordenadores
- ⚽ Un camión

¿Un camión? ¡Sí! Pronto comprenderás por qué.

Todas las cámaras, los cables y los ordenadores suelen llegar al estadio el día antes del partido, así como un grupo de unas 30 personas. Entre ellos se cuentan los **maquinistas**, cuyo trabajo consiste en colocar el equipo, y el grupo de especialistas técnicos, que se aseguran de que todo funciona a la perfección.

Exacto. Las cámaras de TV no son propiedad del club, ni se guardan en el estadio. Debe ser la compañía de TV quien las coloque cada vez.

Los maquinistas colocan las cámaras en la posición correcta alrededor del campo. Luego conectan los cables entre las cámaras y el camión, que está en el aparcamiento del estadio. El camión se convierte en un estudio de TV; en él se encuentran las pantallas y los ordenadores del **equipo técnico**, que son quienes controlan la emisión del partido por televisión.

Hacen falta por lo menos tres horas para colocar todo el equipo y comprobar que esté bien colocado. A veces se pueden necesitar, incluso, doce horas. ¡Es una jornada extenuante, y el partido ni siquiera ha empezado!

EQUILIBRIO DEL COLOR

Uno de los trabajos más importantes del día anterior al del partido es asegurarse de que todas las cámaras captan los colores de forma igual. Si pruebas a hacer varias fotos de la misma cosa desde diferentes ángulos, como, por ejemplo, unos calcetines rojos, te darás cuenta de que el color rojo se verá totalmente diferente en cada imagen. Eso es porque la luz es distinta en cada fotografía.

Lo mismo ocurre con las cámaras de TV en un estadio de fútbol: el color verde del campo se ve diferente según la luz. Puesto que la iluminación cambiará según la posición de la cámara, es necesario ajustar el **equilibrio del color** en cada una de las cámaras para que todas lo registren de la misma manera. Sería muy extraño que una cámara mostrara la hierba de un color verde oscuro mientras que otra lo hiciera de un color verde claro o verde caqui.

PLANO DE LAS CÁMARAS

Este es el plano de las cámaras en un partido normal.

Verás que casi todas las cámaras principales se encuentran en un lado del campo. Eso es así porque el espectador necesita tener siempre clara la dirección en la que juega cada equipo. Si un equipo juega de izquierda a derecha, es preciso que las cámaras lo muestren

PLANO DE LAS CÁMARAS

CÁMARA EN LA PRACTICABLE

1. **CÁMARA 1:** La cámara principal, en la línea del medio del campo, es la que emite entre el 60 y el 70 por ciento de las imágenes. Ofrece una visión amplia del juego.
2. **CÁMARA 2:** Al lado de la cámara 1, pero se utiliza para los primeros planos.
3. y 4. **CÁMARAS A 16 METROS:** En línea con el área grande. Las dos son útiles para comprobar los fuera de juego.

CÁMARAS AL LADO DEL CAMPO

5. **CÁMARA 5:** Para hacer primeros planos de los jugadores y el árbitro. Cuando se comete una falta, la cámara 5 filmará al jugador que ha caído al suelo, y la cámara 2 filmará al jugador que ha cometido la falta.
6. y 7. **CÁMARAS A 5 METROS:** Alineadas con las líneas del campo, filmarán lo que sucede en las porterías.

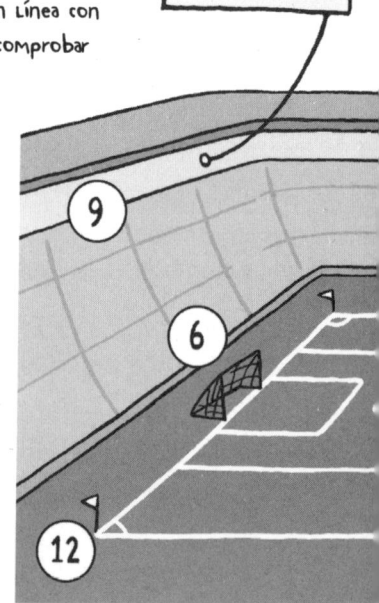

jugando de izquierda a derecha. ¡Si hubiera una cámara en el otro lado, lo mostraría jugando de derecha a izquierda, lo cual resultaría muy confuso para el espectador!

Una persona maneja cada una de las cámaras; algunas se encuentran justo al lado de la acción, y otras están muy arriba, en la parte trasera de las gradas o en una estructura metálica llamada practicable.

CÁMARAS LATERALES Y DE PIE
8. CÁMARA DEL ENTRENADOR: Filma al entrenador y el banquillo.
9. y 10. CÁMARAS TRAS LA PORTERÍA
11. y 12. CAMARA EN EL CÓRNER: Ofrecen ángulos extra en las repeticiones.
13. CÁMARA BONITA: Una cámara con un ángulo amplio que se utiliza para captar hermosas imágenes del estadio (quizá con una puesta de sol).

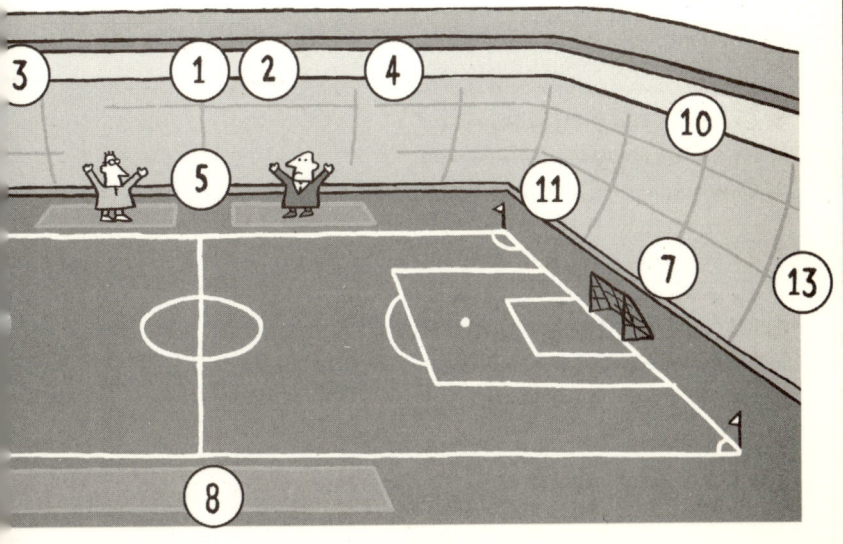

EN MOVIMIENTO

Las cámaras que aparecen en el esquema son las que permanecen fijas en un lugar. Pero las productoras de TV también utilizan otras cámaras que se pueden mover por todas partes.

STEADICAM

Si quieres filmar a los equipos cuando salen de los vestuarios para entrar en el campo, tendrás que caminar a su lado. Si pretendes filmar primeros planos de los jugadores en cuanto finaliza el encuentro, deberás acercarte a ellos todo lo que puedas. En ambas situaciones, los operadores utilizan una *Steadicam*.

La *Steadicam* es una cámara portátil que se sujeta con un arnés especial. A menudo se ven operadores de cámaras *Steadicam* corriendo en medio de la acción: la cámara se transporta en un palo que va enganchado a un brazo, y este está unido a un arnés.

Los operadores de una *Steadicam* necesitan un arnés para sujetar la cámara porque es un equipo pesado, y el arnés distribuye el peso de forma equilibrada entre la espalda, los hombros y las caderas. Eso ayuda a mantener la cámara lo más estable posible mientras se mueven.

Si alguna vez has intentado filmar alguna cosa con un teléfono o una cámara, te habrás dado cuenta de que es necesario mantener las manos tan quietas como sea posible, puesto que no hay nada peor para una imagen que una cámara que se mueva. Las *Steadicam* están diseñadas para evitar el movimiento de la cámara. Piensa en lo que sucede cuando quieres caminar con un vaso lleno de agua hasta el borde. Para evitar que el agua se derrame, debes estar ajustando

constantemente el brazo para que absorba el
impacto de los pasos en el suelo. La *Steadicam*
funciona con el mismo principio: el equipo es como
el brazo de un robot que absorbe los impactos cuando caminas y
mantienen la estabilidad de la cámara, de manera que el movimiento
siempre es fluido.

Un operador de *Steadicam* necesita unos 40 minutos para
prepararse, y dedica casi todo ese tiempo a asegurarse de que el peso
de la cámara y del equipo está perfectamente equilibrado en el arnés.
El equipo completo pesa unos 25 kilos… ¡Casi lo mismo que un perro
grande!

Los operadores de *Steadicam* siempre tienen a un asistente a su
lado. El operador controla la dirección de la cámara con un brazo,
mientras que con el otro ajusta el *zoom*. El asistente controla el foco
a través de un dial que lleva en un mando. Y el asistente también se
asegura de que el operador no choque por accidente con alguien que
tenga a sus espaldas. ¡Uf!

CON DRONES

Algunos partidos televisados
utilizan una **Batcam**, que es una
cámara controlada por control
remoto y montada en un **dron**, que
es una máquina voladora con cuatro
propulsores y manejada por control
remoto. La *Batcam* sobrevuela el estadio
para conseguir imágenes a vista de
pájaro. Hacen falta dos personas para
manejarla (personas que deben disponer
de un permiso para hacer volar drones) y una para la cámara.

¡Santa cámara voladora, Batman!

LA GRAN WEB

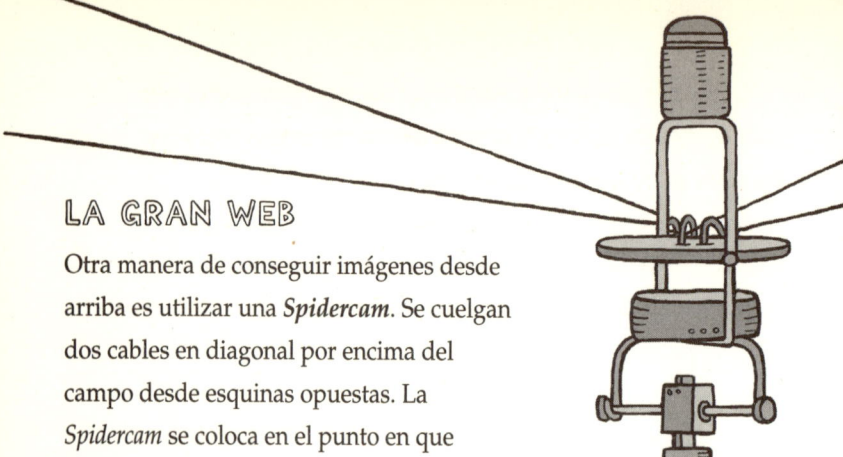

Otra manera de conseguir imágenes desde arriba es utilizar una *Spidercam*. Se cuelgan dos cables en diagonal por encima del campo desde esquinas opuestas. La *Spidercam* se coloca en el punto en que los dos cables se cruzan. Los operadores tensan o aflojan los cables desde las cuatro esquinas del campo para hacer que la *Spidercam* se mueva en tres direcciones: a lo largo, a lo ancho y en sentido vertical sobre el campo. Así pueden cubrir la acción desde diferentes alturas.

MIENTRAS TANTO, EN EL APARCAMIENTO

No parece que el aparcamiento del estadio sea un lugar especialmente emocionante mientras se celebra el partido, pero en realidad es un hervidero de excitación y de actividad.

El camión del que hemos hablado antes se ha transformado en un estudio de TV, lleno de pantallas y de ordenadores, y con un espacio interior con capacidad para unas 20 personas.

La persona más importante del camión es el **realizador**, que se sienta delante del panel de pantallas que muestran todas las imágenes procedentes de las cámaras.

Su trabajo consiste en elegir cuáles de todas esas imágenes utilizarán en la emisión. Casi siempre, la imagen utilizada será enviada por el cámara principal, el de la cámara 1. Pero el realizador debe ver todas las imágenes procedentes de todas las cámaras por si hay una que muestre mejor la acción concreta.

El director lleva puestos unos auriculares y un micrófono que están conectados con todos los operadores de cámara. A menudo a los operadores de cámara les pide que hagan ciertas tomas.

En el camión también hay otros miembros del equipo de televisión, como las personas que se encargan del sonido, de los gráficos y de las repeticiones. Los equipos de trabajadores tienen muchas palabras especiales que nadie más utiliza ni entiende, como «faldón», que es una palabra que designa el rótulo que da información extra y que habitualmente se encuentra en la parte inferior de la pantalla (¡y que no tiene nada que ver con una falda!)

OTRA VEZ

Una de las razones por las que los deportes como el fútbol son tan populares en televisión es porque pueden dar repeticiones. Pero los primeros espectadores que vieron una repetición instantánea de un evento no parecieron muy contentos. Sucedió en una cadena de Estados Unidos en 1963 durante un partido de fútbol americano. Uno de los equipos logró un *touchdown* y la cadena emitió una repetición de ese momento, pero el comentarista tuvo que dejar claro que el equipo no había marcado de nuevo. ¡Muchos espectadores se sintieron confundidos y llamaron a la cadena para quejarse!

IMPUNTUALIDAD ALEMANA

El primer partido de la Bundesliga (la máxima competición alemana) tuvo lugar en agosto de 1963. El Borussia Dortmund jugaba contra el Werder Bremen. En el estadio solamente había una cámara. Pero el operador llegó tarde; así, cuando el delantero del Dortmund Friedhelm Konietzka marcó al cabo de 35 segundos, no había nadie para filmarlo. De este modo, no existe ninguna filmación del primer gol de la Bundesliga. ¡Vergonzoso, *ja!*

NO TE LO PIERDAS

Cuando Steven Gerrard, el capitán inglés, marcó en el primer partido de la Copa del Mundo de 2010, contra Estados Unidos, todo el país lo celebró. Todo el mundo excepto los miles de personas que se perdieron el gol porque una de las cadenas de televisión había cortado el partido para mostrar un anuncio de coches. Fue un error. ¡Ups!

La cadena había cometido el mismo error un año antes: puso los anuncios cuando todavía quedaban dos minutos del partido entre el Everton y el Liverpool, durante la FA Cup. En ese momento, el resultado era de 0-0. Sin embargo, mientras los espectadores veían un anuncio de caramelos de menta, el Everton marcó el gol decisivo, en el último minuto. Los espectadores solo vieron que los jugadores lo estaban celebrando.

KE-OWWWWWW-N

Muchas veces, los comentaristas y los presentadores se colocan a un lado del campo para informar sobre lo que ocurre en el césped. Cierta vez, un antiguo futbolista se llevó una sorpresa al recibir un balonazo mientras informaba sobre el partido entre el Leeds y el Arsenal durante la FA Cup de 2012. El balón le dio en la cabeza mientras se encontraba en directo en la televisión. ¡Au!

La víctima, Martin Keown, un antiguo defensa del Arsenal, no pareció muy contento. Más tarde, afirmó que el autor del disparo había sido el centrocampista Michael Brown (que era un exjugador del Spurs, un rival del Arsenal) ¡y que había disparado apuntando al hombre que estaba a su lado: Robbie Savage!

ALUMNO ESTRELLA

PAN ORÁMICA

66 ¡Buen disparo! 99

ALUMNO ESTRELLA datos

Número de cámaras: 23
Longitud de los cables: 10km
Camiones de juguete: 14
Calentamiento antes del partido: 20 mins
Lugar de nacimiento: River Cam, Inglaterra
Hincha de: Aston Villa (Reino Unido)
Jugador favorito: Geoff Cameron
Habilidad: Un foco increíble

TEST DE ESTUDIOS CINEMATOGRÁFICOS

1. **¿Cómo se llama el pasillo donde se colocan las principales cámaras?**

a) Galería
b) Pasadizo
c) Porche
d) Corredor

2. **La primera vez que se emitió en directo por televisión fue el 16 de septiembre de 1937. El partido lo jugaban:**

a) El Arsenal y el Arsenal Reserves
b) El Manchester United y el Liverpool
c) Inglaterra y Escocia
d) Brasil y Argentina

3. **¿Quién decide qué imágenes se utilizarán en televisión?**

a) El productor
b) El realizador
c) El decididor
d) El espectador

4. **En 2013, el futbolista argentino Ezequiel Lavezzi, mientras jugaba con el Paris Saint-Germain, abandonó el campo después de un reñido partido contra el Marsella. ¿Qué broma le gastó al operador de la *Steadicam*?**

a) Le dio una palmada en el trasero
b) Le hizo cosquillas
c) Le dio un beso
d) Le hizo tropezar

5. **En el mundo hay unos 7,5 miles de millones de personas. ¿Cuántas de ellas vieron por televisión el último minuto de la final de la Copa del Mundo de 2014 entre Alemania y Argentina?**

a) Unos quinientos millones de personas
b) Mil millones de personas
c) Dos mil millones de personas
d) Tres mil millones de personas

JUEGO MENTAL

Es la final del Mundial. El mundo está observando y tu equipo va a chutar un penalti que podría ser decisivo. El capitán te da el balón para que chutes el penalti. ¿Qué sucede a continuación? ¿Mantendrás la calma o dejarás que los nervios puedan contigo? Todos nos hemos encontrado con momentos de presión en nuestras vidas, tanto si se trata de hacer algo en público o de presentarse a un examen. Los futbolistas no son diferentes. En nuestro segundo club extraescolar te contaremos algunas maneras de prepararte mentalmente para tu próximo desafío mental. ¡Concentración!

Desafío 1: Rodillas arriba

Cuando te vistas por la mañana, átate los cordones de los zapatos mientras te aguantas solamente en una pierna. Este ejercicio no solo es bueno para la musculatura y el equilibrio, sino que también es bueno para soportar la presión mental. No estamos acostumbrados a sostenernos sobre una única pierna, así que este desafío nos ayuda a sentirnos cómodos cuando nos sentimos incómodos. ¡Si no tenemos miedo de estar incómodos, es más probable que nuestro rendimiento sea bueno cuando la presión es alta!

BUENO PARA... continuar motivado
COMPROMISO DE TIEMPO: 1/3

Desafío 2: Soy brillante

Escribe en un trozo de papel todas las veces que lo hiciste bien en la escuela o en los deportes… o que ayudaste en casa. Escribe también las cosas buenas que tus profesores, tus amigos y tu familia han dicho de ti. Guárdalo bien. Este documento te ayudará a sentirte bien contigo mismo. Si alguna vez tienes un mal día, léelo para recordar todos tus éxitos. En el deporte y en la vida es importante creer en uno mismo. Los jugadores que creen en sí mismos continuarán intentando ganar aunque a veces fallen.

BUENO PARA… recuperarse de los reveses
COMPROMISO DE TIEMPO: 2/3

Desafío 3: Comprueba

Memoriza la siguiente lista. Esta lista la escribió un psicólogo deportivo para que los jugadores se aseguraran de que siempre estaban progresando en su carrera. Por tal razón, los mejores futbolistas nunca piensan que lo saben todo. Lo mismo se puede decir de tus profesores e, incluso, de los entrenadores de la Escuela de Fútbol. ¡Siempre estamos aprendiendo! La lista es útil como recordatorio de las maneras en que puedes progresar tanto dentro como fuera del campo.

1. Identifica las áreas en las que quieres mejorar.
2. Márcate objetivos pequeños y accesibles.
3. Mira hacia delante, no hacia atrás; no puedes cambiar el pasado.

BUENO PARA… continuar motivado
COMPROMISO DE TIEMPO: 3/3

DISEÑO Y TECNOLOGÍA

Miércoles
Lección 1+2

Los estadios son lugares donde se celebran partidos delante del público. ¡Pero, por supuesto, son mucho más que eso! Normalmente son enormes. Son estructuras inmensas que dominan el perfil de nuestras ciudades. De hecho, creemos que son un poco como unos castillos modernos. Un estadio, al igual que un castillo, despierta el miedo en el corazón de sus enemigos. Un estadio muestra de forma prominente el color de su equipo, de la misma manera en que los castillos mostraban sus banderas.

Y no nos olvidemos del ejército de hinchas, que tratan el estadio como sus casas y que protegen su honor llevando pancartas y bufandas, y animando a su equipo durante los partidos. Los estadios más famosos, como el de Wembley en Londres, el de San Siro en Milán o el del Camp Nou en Barcelona, son conocidos en todo el mundo.

En esta lección descubriremos cómo se construyen los estadios para que tanto los jugadores como los hinchas disfruten al máximo de un partido. Visitaremos algunas estructuras increíbles y descubriremos algunos trucos que los equipos emplean para incordiar a los rivales.

Pero, primero, una cosa asquerosa.

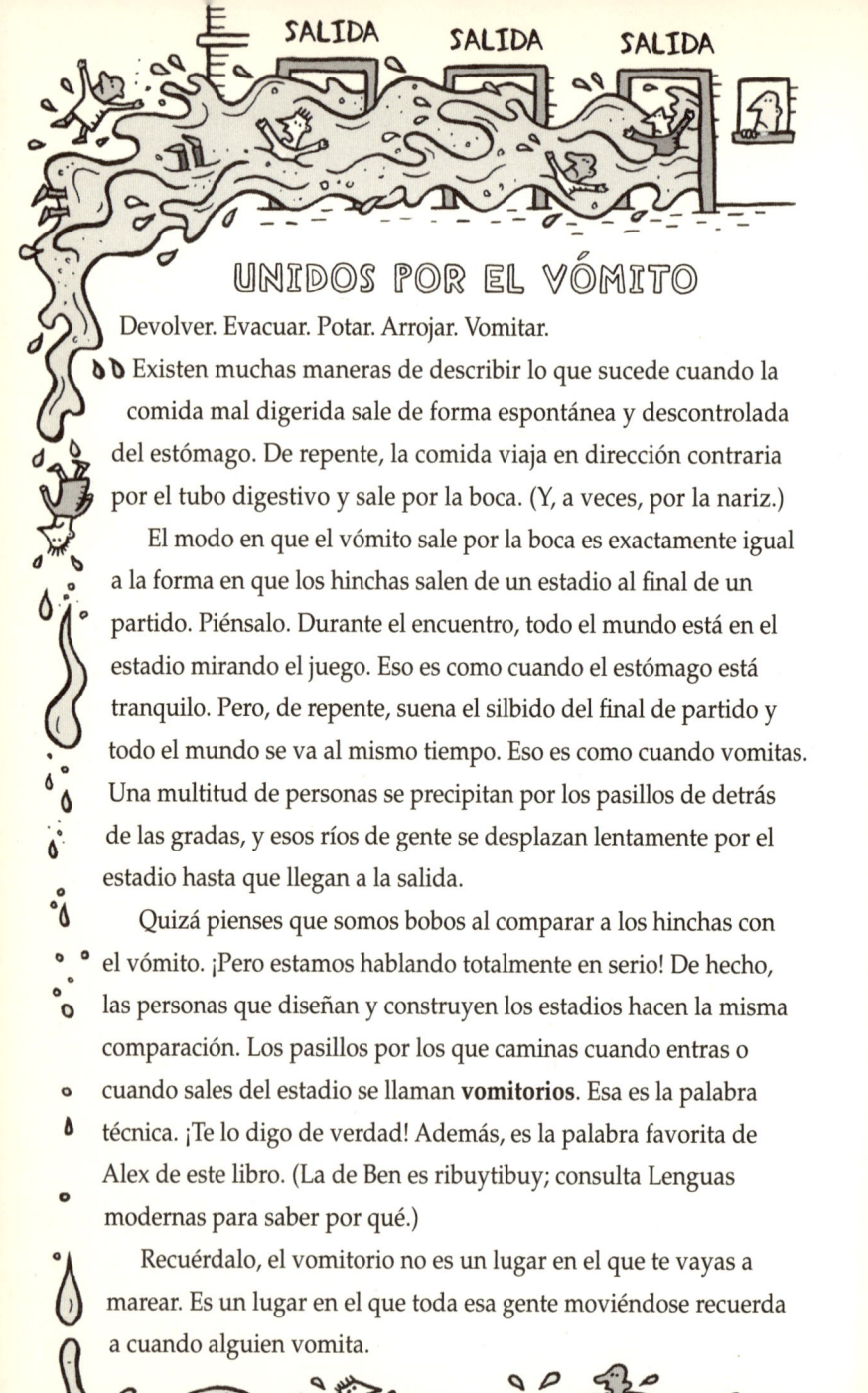

UNIDOS POR EL VÓMITO

Devolver. Evacuar. Potar. Arrojar. Vomitar.

Existen muchas maneras de describir lo que sucede cuando la comida mal digerida sale de forma espontánea y descontrolada del estómago. De repente, la comida viaja en dirección contraria por el tubo digestivo y sale por la boca. (Y, a veces, por la nariz.)

El modo en que el vómito sale por la boca es exactamente igual a la forma en que los hinchas salen de un estadio al final de un partido. Piénsalo. Durante el encuentro, todo el mundo está en el estadio mirando el juego. Eso es como cuando el estómago está tranquilo. Pero, de repente, suena el silbido del final de partido y todo el mundo se va al mismo tiempo. Eso es como cuando vomitas. Una multitud de personas se precipitan por los pasillos de detrás de las gradas, y esos ríos de gente se desplazan lentamente por el estadio hasta que llegan a la salida.

Quizá pienses que somos bobos al comparar a los hinchas con el vómito. ¡Pero estamos hablando totalmente en serio! De hecho, las personas que diseñan y construyen los estadios hacen la misma comparación. Los pasillos por los que caminas cuando entras o cuando sales del estadio se llaman **vomitorios**. Esa es la palabra técnica. ¡Te lo digo de verdad! Además, es la palabra favorita de Alex de este libro. (La de Ben es ribuytibuy; consulta Lenguas modernas para saber por qué.)

Recuérdalo, el vomitorio no es un lugar en el que te vayas a marear. Es un lugar en el que toda esa gente moviéndose recuerda a cuando alguien vomita.

CONTROL DE MULTITUDES

Si alguna vez has estado en un estadio, sabrás que caminar por el vomitorio después de un partido puede dar un poco de miedo. Te encontrarás en medio de una multitud de miles de personas que se mueven en la misma dirección y al mismo tiempo. No hay manera de ir más deprisa. No hay manera de ir hacia atrás. No hay nada que puedas hacer para escapar. Lo único que puedes hacer es caminar despacio en la misma dirección que todo el mundo.

Para evitar que se produzca una estampida de hinchas o un atropello a la salida del estadio, los **arquitectos** (las personas que diseñan y planifican los edificios) dicen que los vomitorios son de las partes más importantes en el diseño de un estadio. Si los pasillos son muy estrechos, las personas sentirán que están muy apretadas unas contra otras. Pero si son demasiado anchos, se estará despilfarrando un espacio que se podría utilizar para otras cosas que los hinchas necesitan, como lavabos, y para cosas que dan dinero al club, como puestos de comida.

Las normativas de seguridad de muchos países obligan a diseñar los estadios para que sea posible que todo el mundo pueda salir al cabo de ocho minutos. Eso no es mucho tiempo para que 60.000 personas salgan. ¡A veces, Ben tarda más tiempo en salir de la cama por la mañana!

¿SOBRA ALGUNA ENTRADA?

Casi todos los estadios se construyen para poder dar cabida a decenas de miles de hinchas. Pero cuando las medidas de seguridad eran menos estrictas, algunos partidos atraían a cientos de miles de espectadores, lo que es lo mismo que la población de una ciudad de tamaño medio. Aquí tenemos las mayores cifras de asistencia en nuestros eventos favoritos de la historia del fútbol:

173.580

Estadio: Maracaná, Río de Janeiro, Brasil

A una multitud de récord se le partió el corazón cuando Brasil perdió contra Uruguay por 1-2 en la final de la Copa del Mundo de 1950. Según algunos cálculos no oficiales, la asistencia casi llegó a las 200.000 personas.

147.365

Estadio: Hampden Park, Glasgow, Escocia

Los hinchas inundaron el mayor estadio de Escocia para ver cómo el Celtic derrotaba por 2-1 al Aberdeen en la final de la Copa de Escocia de 1937.

128.000

Estadio: Azadi, Teherán, Irán

Irán empató 1-1 contra Australia en el partido de repesca para la Copa del Mundo de 1998 ante una multitud de hinchas propios. Al final se clasificó para su primera Copa del Mundo desde 1978.

126.047

Estadio: Wembley, Londres, Inglaterra

El Bolton Wanderers derrotó al West Ham United por 2-0 en la final de la FA Cup de 1923. Fue el primer partido oficial en Wembley. Pero ese encuentro se recuerda por un caballo gris llamado Billie que condujo a la multitud a lugar seguro.

LEVÁNTATE, SIÉNTATE

La parte del estadio desde donde los espectadores se sientan para ver el partido se llama **graderío**, ¡pero se pasan casi todo el tiempo levantándose!

Uno de los trabajos de un arquitecto cuando diseña el graderío es conseguir que la mayor cantidad de gente posible tenga una buena visibilidad de lo que sucede en el campo. El motivo por el que todos los estadios son diferentes es que los arquitectos tienen diversos factores que valorar, como la cantidad de dinero disponible para construirlo, a cuántas personas debe dar cabida, cuántas salas necesita el club para acoger a los miembros VIP y qué otros usos puede tener ese estadio más allá de los partidos de fútbol (como conciertos de música u otros deportes).

A pesar de ello, algunas normas del diseño de los estadios son universales.

En los teatros, cines y estadios, cuanto más te alejas del escenario, de la pantalla o del campo, más altos están los asientos. Y así debe ser. De lo contrario, la cabeza de la persona de delante te impediría ver nada.

En los estadios modernos, las gradas son cada vez más altas y dibujan una curva matemática llamada **parábola**. En este dibujo, se puede ver que cuanto más lejos del campo, más altos están los asientos. Lo curioso es que cuando se da una patada a un balón, el trayecto del esférico en el aire también dibuja una parábola, pero en este caso es de arriba abajo, y es más pequeña.

La parábola tiene un límite porque las normas de seguridad de un país pueden establecer que el ángulo entre las gradas no debe ser mayor de 34 grados. Eso sucede por ejemplo en países como el Reino Unido.

El hecho de que la primera línea de asientos esté muy cerca del campo es una buena idea. Una manera de lograrlo (y que se lleva a cabo en el Emirates Stadium del Arsenal) es que los espectadores entren al graderío por la parte superior y que bajen hasta la primera fila; de esa manera, no hay accesos que ocupen espacio en la parte inferior de las gradas.

Además de los vomitorios y del graderío, otra parte importante del estadio es el techo. En los países cálidos, el techo sirve para proteger a los espectadores del sol. ¡En otros, para protegerse de la lluvia!

En los estadios antiguos, los techos se apoyaban sobre unas columnas, pero eso no es muy bueno, pues los pilares impiden parte de la visibilidad. Gracias a los avances de la ingeniería, ahora es posible diseñar un techo sin columnas entre las gradas, pero hay que hacerlo muy bien. «La parte más difícil del diseño de un estadio es, sin duda, el techo —nos contó un ingeniero de estadios—. El techo de un estadio es como un puente de un cuarto de kilómetro de largo. Los pilares deben estar muy lejos.»

La necesidad de construir un techo que no tape la visibilidad de los espectadores ha llevado a realizar algunos diseños increíbles y novedosos. En Wembley, por ejemplo, hay un arco de 133 metros de altura y 315 de ancho que ayuda a soportar el techo. El arco de Wembley es tan grande que se puede ver desde el otro lado de Londres. De hecho, es dos veces más alto y un cincuenta por ciento más ancho que el famoso puente de la torre de Londres.

PALACIOS DE DIVERSIÓN

He aquí un recorrido por algunos de nuestros estadios favoritos de todo el mundo. Si puedes…, ¡asegúrate de ver un partido en alguno de ellos!

ESTADIO: De Kuip
EQUIPO: Feyenoord
PAÍS: Países Bajos
MEJOR POR: Buenas vibraciones

Queridos alumnos de la Escuela de Fútbol:

¡Acabamos de regresar de ver el partido más accidentado de la historia! Nuestro colega holandés Wink nos llevó al De Kuip. Las gradas son famosas porque vibran cuando decenas de miles de hinchas saltan al mismo tiempo, lo cual sucede después de cada gol del Feyenoord. Wink hace años que va al estadio. Nos ha contado que ¡la primera vez sintió como si estuviera despegando en un cohete! «Fue increíble. Y desde entonces, cada vez ha sido fantástico», nos dijo. «La descripción más exacta es que estás en una barca y el río es salvaje.» Dice que le da un poco de miedo, a pesar de que es totalmente seguro: «Los ingenieros lo revisan cada temporada».

Saludos, Alex y Ben

ESTADIO: A Pedreira
EQUIPO: Sporting Braga
PAÍS: Portugal
MEJOR POR: Vistas del campo

Alex, meu amigo:
¡Estoy viendo un partido en medio de la montaña! Detrás de una de las porterías, hay una pared de piedra que es más alta que el estadio: de ahí el nombre de «pedreira», que significa «pedrera» en portugués. ¡Lo clavé! Hay asientos para 30.000 espectadores en solo dos lados del campo, y detrás de la otra portería hay una fantástica vista de Braga y del campo de alrededor.

Abrazos, Ben

ESTADIO: Allianz Arena
EQUIPO: Bayern de Múnich, 1860 Múnich
PAÍS: Alemania
MEJOR POR: Convertirse en camaleón

Lieber Ben!
Este increíble estadio está rodeado de paneles con forma de diamante que hacen más brillantes todos los colores. Para los partidos del Bayern de Múnich, el estadio es rojo; para los partidos del 1860 Múnich, es azul; y para el equipo nacional alemán, es blanco.

Sigue brillando,
Alex

ESTADIO: Estadio flotante en Marina Bay
EQUIPO: Ninguno
PAÍS: Singapur
MEJOR POR: Brisas marinas

Querido Ben:
¡Tráete el bañador! Estoy en el estadio flotante, que es el campo flotante más grande del mundo, hecho de acero y que está en Marina Bay, Singapur. Se llega a él desde tierra firme a través de unas rampas. Hay unas gradas con 30.000 asientos en tierra firme que ofrecen visión desde un lado solamente. En el campo se puso hierba para un partido de 2008. ¡Hasta el momento es el único partido que se ha jugado en este lugar! Esperan que se celebraren otros en el futuro.
Eso mantiene mi lancha a flote,
Alex

ESTADIO: Borisov Arena
EQUIPO: Bate Borisov, equipo nacional de Bielorrusia
PAÍS: Bielorrusia
MEJOR POR: Hacer burbujas

Querido Alex:
¿Eres puntilloso con los estadios? ¡Entonces te encantará el Borisov Arena! Es de color nacarado y está lleno de unos enormes agujeros que lo hacen parecer a una enorme burbuja que empieza a levantarse del suelo. Podría ser el esqueleto de un extraterrestre gigante. ¡Es genial!

Nos vemos pronto,
Ben

ESTADIO: Timash (o «Cocodrilo») Arena
EQUIPO: Bursaspor
PAÍS: Turquía
MEJOR POR: La boca más grande

Querido Spike:
¡Cuidado con este! Estamos en Bursa, la cuarta ciudad más grande de Turquía, y están construyendo el nuevo estadio del club local, el Bursaspor. El club es conocido como el «Cocodrilo Verde», y ¡han decidido construir un estadio con la forma de un cocodrilo verde gigante! Una enorme cabeza de cocodrilo se levanta desde un lado del estadio, el resto parece el cuerpo y la cola del cocodrilo. Las obras empezaron en 2011 y terminarán pronto.
¡Adiós, adiós!
Alex y Ben

ALEX BELLOS
RCA DE WEMBLEY
LONDRES
REINO
UNIDO

TEATRO DE CHOCOLATE

Cada estadio tiene su propio carácter y personalidad. He aquí alguno de los mejores sobrenombres de los estadios:

ESTADIO	EQUIPO	SOBRENOMBRE
Beijing National Stadium	Final de fútbol de los Juegos Olímpicos de 2008	El Nido de Pájaro
Estadio Alberto J. Armando	Boca Juniors (Argentina)	La Bombonera
Old Trafford	Manchester United (Inglaterra)	El Teatro de los Sueños
San Mamés	Atlético de Bilbao (España)	La Catedral
Stade Geoffroy-Guichard	Saint-Étienne (Francia)	El Caldero

JUEGOS PSICOLÓGICOS

Algunos equipos les hacen jugarretas a sus rivales visitantes con la esperanza de que eso les haga jugar peor. ¡Pero no estamos seguros de que las siguientes jugarretas se hayan llevado a cabo, pues ningún equipo está dispuesto a confesar sus malévolos planes! De todas maneras, hemos oído rumores al respecto (y no, antes de que lo preguntes, no permitiríamos que se hiciera nada como esto en la Escuela de Fútbol).

⚽ Poner los radiadores al máximo para que los visitantes estén incómodos.

⚽ Cortar el suministro de agua para que no se puedan lavar y prepararse adecuadamente.

⚽ Pintar las paredes con una combinación de colores que resulte fría y desagradable.

⚽ Poner fotografías de hinchas enojados en las paredes para atemorizar a los visitantes.

⚽ Pulir mucho el suelo para hacer que los visitantes resbalen o que tengan que caminar de puntillas.

⚽ Darles unos vestuarios lo más pequeños posible.

⚽ Llenar la habitación de obstáculos, como una mesa en medio, lo cual impide que el entrenador del equipo visitante pueda hablar con todos los jugadores al mismo tiempo.

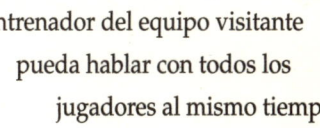
Espejo deformante

⚽ Poner espejos en las paredes que hacen que los jugadores se vean más pequeños de lo que son.

COMPARTIR ES CUIDAR

A algunos equipos nunca se les ocurriría comportarse de forma tan perversa. ¡Estos son clubs que comparten su estadio con sus rivales locales!

ESTADIO	LOCALIDAD	EQUIPO
Ajinomoto	Tokio, Japón	Tokio, Tokio Verdy
Allianz Arena	Múnich, Alemania	Bayern de Múnich, 1860 Múnich
Azadi	Teherán, Irán	Esteghlal, Persépolis
Maracaná	Río de Janeiro, Brasil	Flamengo, Fluminense
San Siro	Milán, Italia	AC Milan, Inter de Milán
Stadio Olimpico	Roma, Italia	Lazio, Roma
Teddy	Jerusalén, Israel	Beitar Jerusalén, Hapoel Jerusalén
Tele2 Arena	Estocolmo, Suecia	Djurgårdens, Hammarby

PABLO ALZADO

☆ ALUMNO ESTRELLA

❝¡Necesito un poco de apoyo!❞

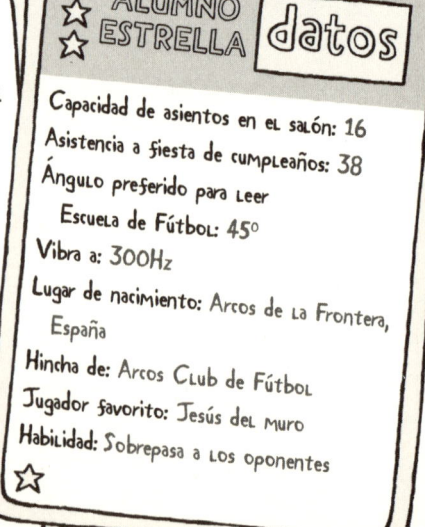

☆☆☆ ALUMNO ESTRELLA — datos

Capacidad de asientos en el salón: 16
Asistencia a fiesta de cumpleaños: 38
Ángulo preferido para leer
Escuela de Fútbol: 45°
Vibra a: 300Hz
Lugar de nacimiento: Arcos de la Frontera, España
Hincha de: Arcos Club de Fútbol
Jugador favorito: Jesús del Muro
Habilidad: Sobrepasa a los oponentes

TEST DE DISEÑO Y TECNOLOGÍA

1. ¿Qué se hace en un vomitorio?

   a) Vomitar
   b) Toser
   c) Estornudar
   d) Caminar

2. Los asientos de un estadio se encuentran en:

   a) El graderío
   b) La conserjería
   c) La sastrería
   d) La panadería

3. ¿Qué característica arquitectónica dio su sobrenombre al estadio del Wembley antes de que se derruyera para construir el nuevo?

   a) La rampa gigante
   b) Las torres gemelas
   c) La pirámide
   d) Los arcos dorados

4. Cuando se construye un estadio, ¿para cuántas personas dice la normativa que hay que diseñar cada uno de los lavabos?

   a) 10
   b) 50
   c) 100
   d) 500

5. ¿Qué tiene de especial el Estádio Zerão (Estadio Cero) de Macapá, Brasil?

   a) Que es increíblemente pequeño y lo utilizan las hormigas
   b) Que cero hinchas dicen que es su estadio
   c) La línea del ecuador pasa por él, así que cada una de sus dos mitades se encuentra en un hemisferio diferente
   d) Alex inauguró el estadio con Pelé y dio la primera patada a un balón allí

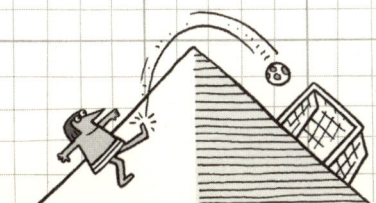

Miércoles
Lección 3+4

LENGUA

He aquí una historia sencilla

LOS CHICOS QUE TENÍAN GRANDES SUEÑOS

Había una vez dos chicos que se llamaban Alex y Ben. A ambos les encantaba el fútbol y también les gustaba leer. Devoraban libros de todo tipo; cuando crecieron, se hicieron periodistas. Entonces escribieron los libros de *Escuela de Fútbol* y vivieron felices para siempre jamás. Fin.

Y he aquí otra manera de escribir la misma historia:

FÚTBOL ⚽ NOTICIAS

GRANDES AMIGOS ESCRIBEN UN LIBRO
Dos grandes amigos escriben un libro sobre fútbol. Los autores de *Escuela de Fútbol*, el libro sobre el *jogo bonito*, son Alex y Ben, dos periodistas a quienes ya de niños les encantaba leer.

La primera versión está escrita con el estilo de los cuentos de hadas; el segundo tiene un estilo más periodístico. Los cuentos de hadas suelen empezar con las palabras «había una vez». Se escriben con un estilo que crea una sensación de magia y de maravilla. Por otro lado, el objetivo de un artículo periodístico es contar los hechos de la manera más concisa y clara posible. ¡Nada de magia!

Existen muchas otras maneras de contar una historia; veremos algunas de ellas en esta lección. Pero el estilo de escritura que analizaremos con mayor detalle es el de la **crónica deportiva**. Este es el estilo que se utiliza para escribir sobre los partidos de fútbol en los periódicos y en las páginas web.

¡Afilad los lápices y preparaos!

INFORMANDO HACIA ATRÁS

Una **crónica deportiva** de un partido de fútbol es un artículo que cuenta la historia de un encuentro de fútbol. Si abres las páginas de un periódico deportivo o si consultas una página web de deportes, encontrarás muchos ejemplos.

La primera regla de una crónica de esta clase es informar empezando por el final. Eso puede parecer extraño, pero piénsalo un momento. ¿Qué es lo primero que querrás saber de un partido? ¿Lo que desayunó el entrenador? ¿Cuál fue la alineación titular de un equipo? ¿Si estaba lloviendo cuando comenzó el partido? ¡No, lo primero que querrás saber es quién ganó! Un periodista de deportes siempre escribirá el nombre del equipo ganador en la primera frase del reportaje.

Esta técnica de empezar por el final es muy diferente de todas las otras formas de contar una historia. En un cuento de hadas, por ejemplo, se empieza por el principio; no es hasta el final cuando se descubre el desenlace de la historia. El cuento de *Caperucita Roja* no empieza contándole al lector que el lobo muere.

Pero en las primeras líneas de una crónica de esta clase deberás incluir un resumen, o sinopsis, de los principales momentos del partido. Entre ellos se encuentran quién ganó, cuál fue el resultado final y el nombre de los goleadores. También es posible mencionar los incidentes más importantes, como una expulsión.

Vamos a ver cómo se empezaría una crónica sobre el partido más famoso del fútbol inglés. Fíjate en cómo lo más importante del encuentro se ha resumido en la frase inicial. El artículo continúa hablando de los momentos clave o los principales puntos conflictivos:

FÚTBOL NOTICIAS

INGLATERRA GANA LA COPA DEL MUNDO DEL 1996

Geoff Hurs marcó un increíble *hat-trick* en la victoria de Inglaterra ante Alemania, para conseguir la primera Copa del Mundo para el fútbol inglés.

Alemania había empatado el marcador 2-2 en las postrimerías del tiempo reglamentario. En la  prórroga, Inglaterra se adelantó tras un disparo de Hurst que dio en el larguero; la pelota cayó sobre la línea de gol. El árbitro decidió que el balón había cruzado la línea antes de salir rebotada hacia fuera.

Mientras Alemania intentaba empatar, el capitán inglés Bobby Moore le dio un pase a Hurst, que marcó el gol definitivo.

Las crónicas de los partidos se escriben en tercera persona: significa que se describe al jugador como «él», «ella» o «ellos», y no como «yo» o «tú». Siempre se deben elegir palabras sencillas para que los artículos sean fáciles de leer. Y se emplean muchos verbos, que son las palabras que describen una acción. ¡Y en los partidos de fútbol hay mucha acción! «Marcar», «derrotar», «empatar» y «dar» son verbos.

Hacia la mitad de la crónica se pueden mencionar los momentos menos importantes del partido. Se puede incluir información como las alineaciones, el tiempo que hizo y, si es relevante, ¡quizás incluso lo que desayunó el entrenador! La crónica terminará con una conclusión: unas cuantas frases finales que ofrecen una perspectiva general del encuentro:

> En cuanto el árbitro pitó el final del partido, los hinchas bajaron corriendo al campo para abrazar a sus héroes. Era el momento más importante de la historia del fútbol inglés.

Al final del artículo, el lector debería haberse quedado con una idea de lo que sucedió de verdad en el partido. Una buena crónica explica los momentos clave del encuentro, habla de los mejores jugadores y de si el resultado ha sido justo o no.

DOS LADOS DE LA HISTORIA

Dediquemos un momento a hablar de lo que es justo.

Los hinchas ingleses se sintieron muy felices cuando el árbitro decidió que el controvertido disparo de Geoff Hurst, que rebotó en el suelo después de golpear el larguero, había cruzado la línea de gol. Pero ¿y los hinchas alemanes? ¡Ellos no se sintieron tan felices, como puedes imaginar!

Piensa en cómo habría escrito el artículo un periodista alemán. ¿En qué difiere este reportaje del que hemos leído antes?

Como en el primer artículo, la información importante (como

FUSSBALL ZEITUNG

LA COPA DEL MUNDO DE 1966 LE HA SIDO ARREBATADA A ALEMANIA FEDERAL

Alemania Federal tuvo poca suerte al perder un polémico partido por 4-2, después de que se diera por bueno un gol inglés a pesar de que la pelota no había cruzado la línea por completo.

quién ganó el partido y cuál fue el resultado final) se encuentra en la primera frase. Pero esta vez el énfasis se pone en el hecho de que Alemania Federal perdió el partido, en lugar de en que Inglaterra lo ganó. Para los alemanes, el incidente clave de todo el partido fue el gol polémico, no el *hat-trick* de Geoff Hurst.

El resto del artículo alemán podría ser más o menos así:

> Alemania Federal se había puesto por delante muy pronto, cuando Helmut Haller marcó a los doce minutos, pero necesitó que Wolfgang Weber empatara con el último disparo del partido para ir a la prórroga.
>
> Que el árbitro suizo Gottfried Dienst, ya en el tiempo extra, decretara que el disparo de Hurst había entrado después de rebotar en el larguero les costó muy caro a los alemanes. Fue una decisión más que polémica, pues Dienst no pudo ver la acción. Además, no hablaba el mismo idioma que el juez de línea, que era de Azerbaiyán. El árbitro ayudó a Inglaterra a ganar el partido. Sin duda, el gol de Hurst será objeto de debate durante décadas.

Los reportajes inglés y alemán ejemplifican dos lecturas diferentes de un mismo partido.

Es así porque los periodistas de deportes toman diferentes decisiones sobre lo que ha sido importante en un partido. Y actúan de este modo porque cada uno tiene sus lectores.

El fútbol está lleno de polémica, como la que acabamos de recordar. Entre otras cosas, por eso es tan divertido. ¡Y por eso los periodistas deportivos han de estar muy atentos!

UN DÍA EN LA VIDA DE UN PERIODISTA DEPORTIVO

Un periodista deportivo debe enviar su crónica tan pronto como suena el silbato que señala el final del partido. Así los lectores pueden leerla en Internet en cuanto el partido finaliza. ¿Cómo se escribe un artículo tan deprisa? Antes, Ben escribía crónicas, así que él nos puede explicar los trucos del oficio.

DIARIO DE UN DÍA DE PARTIDO DE BEN

13:00 El editor me dice cuántas palabras debo escribir: pueden ser hasta mil.

14:00 Llego al estadio y recojo mi entrada.

14:15 Como. Todos los clubs de la Premier League ofrecen comida a la prensa.

14:45 Voy a la zona de prensa: la parte de las gradas reservada para los periodistas. Desde allí se tiene una buena visión del campo: normalmente, está cerca del centro de la línea divisoria, para poder ver las dos porterías. Los asientos tienen unas mesitas y un pequeño televisor que muestra las repeticiones.

15:00 ¡Empieza el partido! Observo durante treinta minutos antes de empezar a escribir. Describo los goles o los incidentes más emocionantes. Es difícil escribir mientras se sigue el partido, pero el ruido de la multitud es un buen indicador de cuándo hay que prestar atención.

15:45 Hacia la media parte, ya he escrito unas 400 palabras. Envío el texto por correo electrónico a mi editor, que lo corrige por si hay faltas. Además, piensa en un titular.

16:30 Continúo escribiendo sobre los mejores momentos y empiezo a pensar en el principio y el final de la historia. En el minuto 75 envío lo que

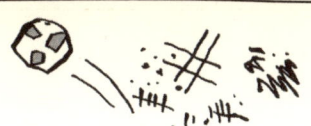 

he hecho a mi editor; cuando faltan quince minutos de partido, la crónica ya está casi lista. Una vez que he enviado el principio y el final, cruzo los dedos para que no haya más goles. A los hinchas les encanta que su equipo marque un gol decisivo en los últimos minutos, pero para mí eso resulta estresante, pues entonces debo reescribir el principio y el final. Y solamente tengo unos minutos para hacerlo. ¡De hecho, el ruido de los periodistas mientras escriben es casi tan fuerte como los cánticos de los hinchas!

16:45 Termino de escribir cuando suena el silbato de final de partido. La crónica se publica en Internet. Pero todavía no me puedo ir a casa.

17:00 Los entrenadores de los equipos entran, primero uno y luego el otro, en una habitación para responder las preguntas de los periodistas.

17:30 Reescribo rápidamente el reportaje para incluir las cosas más interesantes que han dicho los entrenadores; además, añado algún detalle extra que quizás haya olvidado. Esta es la segunda versión de la crónica.

17:45 Cuando los jugadores salen de los vestuarios para subir al autobús, atraviesan la «zona mixta», una estancia llena de periodistas. Allí, pueden hablar con los reporteros, si quieren. En las zonas mixtas puede haber mucha actividad. ¡Hace falta tener buen oído, piernas fuertes y codos preparados para sobrevivir! Normalmente, los comentarios de los futbolistas se incluirán en otra crónica que saldrá al día siguiente. Para entonces, ya estoy agotado y ha llegado la hora de irme a casa.

ESCRIBIR CON ESTILO

La crónica deportiva es el estilo adecuado para escribir en un periódico de deportes o en una página web especializada. Tal como hemos visto antes, esta clase de artículos se escriben en tercera persona, con un lenguaje sencillo y con muchos verbos.

Pero existen otros estilos de escritura, como la poesía, la narrativa o el diálogo, que tienen sus propias técnicas para contar una historia. Quizá no ofrezcan tantos detalles como una crónica deportiva, pero pueden mostrar otros elementos de lo que sucedió. ¿Cuál prefieres?

En un lugar de la Mancha, de cuyo nombre no quiero acordarme, no ha mucho tiempo que vivía un hidalgo de los de lanza en astillero...

QUINTETO

Resumen del estilo: un poema rítmico divertido de cinco líneas.

> Había una vez un delantero llamado Hurts,
> que por primera vez en la Copa del Mundo marcó un triplete;
> cada vez que marcó,
> la hinchada del Wembley bramó.
> Y Alemania Federal se fastidió.

HAIKÚ

Resumen del estilo: poema con diecisiete sílabas en tres líneas de cinco, siete y cinco sílabas cada una, típico de Japón.

> Ingleses ganan
> a Alemania 4-2.
> Y marca Geoff Hurst.

DIARIO

Resumen del estilo: en primera persona, se explica desde la perspectiva de un individuo, que comparte sus opiniones y emociones.

> Querido diario:
>
> Me llamo Geoffrey y tengo veinticuatro años y medio. ¡Ayer jugué con Inglaterra en la final de la Copa del Mundo y marqué tres goles! Ganamos por 4-2 y todo el país lo celebró. Mi mamá dice que quizá me condecorarán. ¡Eso sería emocionante! Lo que de verdad quiero es ganar la liga con mi equipo, el West Ham, y volver a ganar la Copa del Mundo algún día. ¿Eso podría suceder? Pero si eso no pasa, espero que se me recuerde por un libro titulado *Escuela de Fútbol*.

DIÁLOGO

Resumen del estilo: una conversación que cuenta la historia por sí sola.

GEOFFREY: Gracias por el pase, Bobby. ¡Me dejó en una posición genial para marcar el tercer gol!

BOBBY: Jugaste muy bien, joven Geoffrey. ¡Estoy más que contento de haber ganado la Copa del Mundo!

GEOFFREY: Es un sueño hecho realidad. ¡Y tú, querido capitán, pronto levantarás la Copa del Mundo con las manos!

LLÁMAME QUE NO TE VEO

Antes de que existieran los ordenadores y los correos electrónicos, los periodistas leían por teléfono sus reportajes a los mecanógrafos de la oficina. A veces, una mala calidad de la conexión telefónica podía producir errores embarazosos. En 1998, un periodista telefoneó a su periódico para decir que los seguidores ingleses se habían enzarzado en una pelea, en Francia, durante la Copa del Mundo. Terminaba diciendo: «Una camioneta de la policía llegó con doce *gendarmes* armados». En francés, «gendarme» es policía. El mecanógrafo lo entendió mal y, al día siguiente, en el periódico, la policía se había convertido en «doce John Barnes armados» (un antiguo extremo del Liverpool que había jugado con Inglaterra hacía poco tiempo). ¡Pero solo existía un John Barnes! *Mon dieu*!

PABLO PLUMA

★ ALUMNO ESTRELLA

❝ ¡Toma nota! ❞

ALUMNO ESTRELLA — datos

Velocidad de escritura: 120 palabras por minuto
Sílabas por cada frase: 8
Mayor cuerpo de letra en titular: 28pt
Artículos diarios leídos antes del desayuno: 14
Lugar de nacimiento: El Romance, México
Hincha de: Athletic Club de Lectura
Jugador favorito: Fernando Fernández Escribano
Habilidad: Hace una lectura brillante del partido

TEST DE LENGUA

1. **Cuando un periodista envía la crónica final del partido, ¿qué es lo que ha añadido en el último minuto?**

   a) La introducción y el final
   b) La explicación central
   c) El título
   d) El número de goles

2. **«Hay algunas personas en el campo. ¡Piensan que ya ha acabado!» ¿Qué fue lo siguiente que dijo Kenneth Wolstenholme, de la BBC, para describir el cuarto gol de la Copa del Mundo de 1966?**

   a) ¡Salid del campo!
   b) ¡Adelante, Inglaterra!
   c) ¡Ahora sí!
   d) ¡Oh, señor Hurst, te amamos!

3. **El primer periódico del Reino Unido se publicó en noviembre de 1665. ¿Cómo se llamaba?**

   a) *The Times of London*
   b) *The Oxford Gazette*
   c) *The Newcastle Argus*
   d) *Your News Week*

4. **¿Cómo aparecieron los nombres de los delanteros galeses Ian Rush y Mark Hughes en un reportaje que había sido dictado por teléfono?**

   a) Russian Jews
   b) Rushing Poos
   c) Rushing Whos
   d) Russian News

5. **¿Qué equipo ganó la final de la Champions de 1999 al derrotar al Bayern de Múnich por 2-1 después de marcar dos goles durante los tres últimos minutos del tiempo de descuento, lo cual obligó a los periodistas a reescribir sus artículos el doble de rápido?**

   a) Chelsea
   b) Arsenal
   c) Manchester United
   d) Liverpool

HISTORIA Y CULTURA DE LAS RELIGIONES

Miércoles
Lección 5

¿Qué nos enseña el fútbol? Sabemos que para ser un gran atleta es necesario practicar, entrenar duro y comer bien; aprendemos reglas complicadas como la del fuera de juego; descubrimos datos curiosos como que a los futbolistas del Atlético de Madrid los llaman «colchoneros».

Pero también aprendemos otras cosas con el fútbol. Cosas que no tienen nada que ver con este deporte, sino con cómo vivimos nuestra vida. Profundo, ¿verdad?

Tradicionalmente, las personas han buscado en la religión una guía que les indique cómo vivir la vida. En el mundo existen muchas religiones y todas ofrecen mensajes parecidos sobre cómo ser una buena persona; por ejemplo, que no debemos matar ni robar.

Hoy vamos a conocer algunas lecciones de vida que nos enseña la religión y que también podemos encontrar en el fútbol.

¡Aleluya!

BUSCADORES DE LA FE

Una religión es un sistema de creencias que habla sobre el significado de la vida. No todo el mundo tiene una religión, ¡y eso también está bien! Aquí tienes una comparación de cinco de las religiones más importantes del mundo.

RELIGIÓN	CUÁNDO SE FUNDÓ	CUÁNTOS SEGUIDORES	PERSONALIDAD PRINCIPAL
Budismo	Más de 2.500 años atrás	Unos 500 millones	Buda
Cristianismo	Unos 2.000 años atrás	Unos 2.200 millones	Dios, Jesucristo
Hinduismo	Más de 3.000 años atrás	Unos 900 millones	Brahma, Shiva, Vishnu
Islamismo	1.400 años atrás	Unos 1.700 millones	Alá, Mahoma
Judaísmo	Más de 3.000 años atrás	Unos 17 millones	Dios, Moisés

CREENCIA CENTRAL	LUGAR DE DEVOCIÓN	FESTIVIDAD
La vía para librarse del sufrimiento y llegar a un estado llamado «nirvana» consiste en seguir las enseñanzas de Buda. Los seguidores aprenden a meditar, que es la manera de vaciar la mente de pensamientos.	Templo	Vesak, que celebra el cumpleaños de Buda
Dios envió a su hijo Jesús a la Tierra para que salvara a la humanidad de las consecuencias de su mal comportamiento. Jesús murió en la cruz, pero resucitó tres días después.	Iglesia	Navidad, que celebra el cumpleaños de Jesucristo
Tu alma es eterna; cuando mueres, puedes renacer (o reencarnarte) en otro cuerpo, como el de un animal o una planta. Los textos sagrados se llaman vedas	Templo	Diwali, o el Festival de las Luces, celebra la victoria simbólica de la luz sobre la oscuridad.
Alá envió a su profeta Mahoma a la Tierra. Gracias a Mahoma, las palabras de Alá se escribieron en el Corán, que es el libro sagrado del islam.	Mezquita	Ramadán, que celebra el mes en que los versos del Corán fueron revelados a Mahoma
Dios creó el universo, pero todavía no ha enviado a su Hijo a la Tierra.	Sinagoga	Yom Kippur, el día en que los judíos ayunan y piden perdón

LECCIÓN DE VIDA 1:
ES BUENO FORMAR PARTE

Casi todos los seres humanos desean formar parte de algo. Resulta reconfortante saber que hay otra gente como nosotros en el mundo, gente que comparte nuestras creencias o nuestras pasiones. Tradicionalmente, obtenemos este sentimiento de comunidad de nuestra familia, de nuestros amigos o de nuestra religión. La mayoría de las religiones tienen rituales y festividades que unen a la gente, como la Navidad de los cristianos y el Ramadán de los musulmanes.

En la Europa occidental, donde la gente es menos religiosa ahora que antes, muchas personas obtienen ese sentimiento de pertenencia por otras vías, como la de ser seguidor de un equipo de fútbol. Cuando conocemos a una persona que sigue al mismo equipo que nosotros, inmediatamente sentimos una conexión con ella. Cuando nos encontramos en un estadio de fútbol, rodeados por miles de hinchas del mismo club, ese sentimiento de pertenencia puede ser impresionante, ¡especialmente cuando todos entonamos la misma canción!

EQUIPO	LUGAR DE DEVOCIÓN	HIMNO FAVORITO
Bayern de Múnich	Allianz Arena	FC Bayern Forever Number One
Juventus	Juventus Stadium	Storia di un grande amore
Manchester United	Old Trafford	Glory Glory Man United
Marseille	Vélodrome	Allez L'OM!
Real Madrid	Santiago Bernabéu	¡Hala Madrid y nada más!

LECCIÓN DE VIDA 2:
TENER LA SENSACIÓN DE QUE EXISTE ALGO MÁS GRANDE QUE TÚ

Todas las religiones tienen un sistema de creencias que permite a sus seguidores pensar sobre su papel y posición en el universo. Nos ofrecen respuestas a grandes preguntas como de dónde venimos y qué sucede cuando morimos. En otras palabras, las religiones nos permiten sentir que formamos parte de algo mucho más grande que nosotros mismos, lo cual para muchas personas resulta reconfortante.

¿Qué es un club de fútbol? Por supuesto, es una cosa más grande que una sola persona o una sola cosa. Un club se conforma de los jugadores, el estadio, los seguidores, las canciones, los trofeos, las camisetas, los partidos y mucho más. El profundo amor de un seguidor hacia su club es una manera de ofrecer devoción a una cosa más grande que él, una cosa que ya existía décadas antes de que él naciera y que continuará existiendo cuando haya muerto.

ME MUERO POR VERLES GANAR

Algunos hinchas sienten tanta devoción por su equipo que quieren estar con él incluso después de haber muerto. Varios clubs han creado cementerios para los hinchas; en ellos, las tumbas se adornan con bufandas del club y unos coros cantan su himno. Estos son algunos de los clubs a los que podrías seguir desde la tumba:

Boca Juniors (Argentina): El campo del Boca sufrió desperfectos una vez en que las familias de unos hinchas vertieron las cenizas de sus seres queridos en él. Así que el Boca tiene su propio cementerio. Tiene reservado un lugar para su jugador más famoso: Diego Armando Maradona.

Corinthians (Brasil): En el Corinthians Forever Cemetery hay espacio para los restos de 70.000 hinchas. El club dice que el cementerio es «para aquellos que son hinchas desde el principio hasta el final».

Schalke 04 (Alemania): El club ofrece bautizos y bodas; además, ahora tiene un cementerio para los hinchas. No es extraño que la canción de su equipo contenga la frase «una azul y blanca para toda la vida».

LECCIÓN DE VIDA 3:
PERDER ES TAN IMPORTANTE COMO GANAR

Las religiones unen a las personas para las celebraciones. Pero las religiones también tienen rituales en los cuales los seguidores deben experimentar algún tipo de sufrimiento. Por ejemplo, en algunas deben privarse de ciertas cosas durante alguna de las festividades religiosas o de sus días sagrados. Los cristianos renuncian a costumbres como la de comer carne durante la Cuaresma. Los judíos, los musulmanes, los hindús y los budistas tienen periodos de **ayuno**, que significa que dejan de comer. La intención de esos rituales es que, para poder apreciar lo cómoda que es nuestra vida, debemos experimentar cómo es estar sin esa comodidad. Hace falta experimentar el sufrimiento para gozar plenamente de la alegría. El mensaje es que a veces se gana y a veces se pierde. Tanto ganar como perder son cosas inevitables en la vida.

A todos nos gusta que nuestro equipo gane, pero ser hincha de un equipo no va solamente de ganar. También va de perder. Todos los seguidores han experimentado el retortijón de tripas y las lágrimas de decepción cuando su equipo pierde un partido importante. Ganar y perder forma parte del juego por igual.

Los hinchas aprenden a saborear las victorias. Pero también aprendemos a manejarnos en las derrotas. ¡Perder tiene cosas buenas incluso a pesar de que en el momento no lo parezca! Muchas veces, perder nos hace sacar lo mejor de nuestra amistad, pues nos consolamos los unos a los otros. Y también nos ayuda a darnos cuenta de que en la vida hay momentos buenos y momentos malos. Vivir momentos bajos hace que los momentos felices sean más alegres.

LA BRIGADA DE DIOS
Estos futbolistas fueron a trabajar para la Iglesia:
Peter Knowles (Wolverhampton Wanderers)
Phil Mulryne (Manchester United, Norwich, Irlanda del Norte)
Gavin Peacock (Newcastle, Chelsea, Queens Park Rangers)
Carlos Roa (Racing de Avellanada, Real Mallorca, Argentina)
Taribo West (Inter de Milán, Derby, Nigeria)

LECCIÓN DE VIDA 4: NUNCA ABANDONES LA ESPERANZA

La religión ofrece esperanza a las personas cuando las cosas se ponen muy mal. Muchas religiones animan a rezar para pedir ayuda a Dios. (¡Sí, también le puedes pedir a Dios que sea indulgente con tu equipo, pero no hay ninguna prueba de que funcione!) Algunas religiones también ofrecen esperanza a los creyentes afirmando que, al morir, nuestra alma va al Cielo, un lugar feliz. Otras nos enseñan que la vida es un cambio constante, y que siempre podemos cambiar para mejor.

En la Escuela de Fútbol pensamos que, sea cual sea la religión en la que creas (incluso si no tienes ninguna religión), nunca debes rendirte ni renunciar a tus sueños. Como seguidor de fútbol, nunca debes perder la esperanza, puesto que muchas veces nuestros equipos han triunfado contra todo pronóstico. Nuestro ejemplo favorito es la final de la Champions de 2005 entre el Liverpool y el AC Milan.

EL MILAGRO DE ESTAMBUL

En el descanso, el marcador era AC Milan 3, Liverpool 0. Los miles de hinchas que habían viajado desde Inglaterra para ver el partido en Estambul, Turquía, se enfrentaban a una humillante derrota.

Unos cuantos seguidores del Liverpool se fueron antes de que empezara la segunda parte, pero la mayoría se quedó y entonó una emocionante interpretación del *You'll Never Walk Alone* (Nunca caminarás solo). En el vestuario, los jugadores oyeron la canción, cosa que los animó. El entrenador, Rafa Benítez, cambió de táctica para la segunda mitad. Funcionó: en un intervalo de seis minutos, el Liverpool marcó tres goles. De repente, estaban 3-3. ¡Y los hinchas continuaron cantando para su equipo!

El partido llegó a la tanda de penaltis. Jerzy Dudek fue el héroe: ¡detuvo tres penaltis y el Liverpool ganó el partido!

La moraleja del espectacular triunfo del Liverpool es que, por muy mal que estén las cosas, lo bueno puede estar al caer. En el caso del Liverpool, solo hicieron falta seis minutos para darle la vuelta a un partido que parecía decidido.

CONTRA TODO PRONÓSTICO

He aquí algunos milagros futbolísticos:

Nottingham Forest
Título: Copa de Europa 1979, 1980
Justo después de ganar su primera y única liga en 1978, el Forest se llevó las siguientes dos Copas de Europa: en 1979 y 1980.

Hellas Verona
Título: Serie A 1984/85
Este pequeño equipo solo había perdido dos partidos en toda la temporada, y asombró a todos los grandes clubs italianos al ganar el único título de la historia del club.

Dinamarca
Título: Eurocopa 1992
Dinamarca ni siquiera se había clasificado, pero los repescaron cuando Yugoslavia fue sancionada. Derrotó a Alemania en la final.

Grecia
Título: Eurocopa 2004
Nadie pensó que la defensiva Grecia tendría alguna posibilidad, pero venció a la República Checa en la semifinal y a Portugal (la favorita y anfitriona) en la final.

Leicester City
Título: Premier League 2015/16
El Leicester acababa de evitar descender en la temporada anterior, pero dejaron con un palmo de narices a los otros equipos al ganar el título con un estilo memorable.

LA IGLESIA MARADONIANA

Uno de los mejores futbolistas de todos los tiempos tiene, incluso, una religión en su nombre. La Iglesia Maradoniana es una organización que venera a Diego Armando Maradona como a un dios. Celebra dos días importantes en la vida del jugador más famoso de Argentina: el 30 de octubre (cumpleaños de Diego) y el 22 de junio (la fecha en que marcó dos goles contra Inglaterra en los cuartos de final de la Copa del Mundo de 1986). La Iglesia Maradoniana cuenta con más de 80.000 miembros; los seguidores de Maradona han llegado, incluso, a casarse en su altar. «Es lógico —afirma uno de los fundadores de la Iglesia, Hernán Amez—. El fútbol es una religión para los argentinos; toda religión tiene su dios, y el dios del fútbol es Diego.»

FIDEL CRISTIANNO
ALUMNO ESTRELLA
"¡Ten fe!"

ALUMNO ESTRELLA — datos

Oraciones antes de acostarse: 12
Creencias sobre el fútbol: 21.233
Días de ayuno al año: 3
Días de atracón al año: 362
Lugar de nacimiento: Santa Cruz de Tenerife, España
Hincha de: Godoy Cruz (Argentina)
Jugador favorito: Julio de Dios Moreno
Habilidad: Omnipresente en todo el campo

TEST DE ESTUDIOS DE RELIGIÓN

1. ¿Cuál es la religión con más seguidores?

a) Cristianismo
b) Hinduismo
c) Islam
d) Jedi

2. ¿Cuál es el club de la Premier League que tuvo dos jugadores que se llaman Jesús en su plantilla durante la temporada 2016/17?

a) Manchester City
b) Liverpool
c) Southampton
d) Chelsea

3. ¿Cuál es la postura tradicional del budismo para meditar?

a) Acurrucado en la cama
b) Sentado
c) De pie, sobre una pierna solamente
d) Colgado de un árbol

4. ¿Cómo se conoce la victoria final del Liverpool sobre el AC Milan durante la Champions League de 2005?

a) La Maravilla de Gerrard
b) La Revelación de Dudek
c) La Sorpresa de Benítez
d) El Milagro de Estambul

5. ¿Qué se negó a hacer por motivos religiosos el portero argentino Carlos Roa cuando jugó en España con el Real Mallorca?

a) Hacer paradas
b) Cortarse el pelo
c) Jugar al fútbol los sábados antes de la puesta de sol
d) Ir a la iglesia con sus compañeros de equipo

EQUILIBRIO
CLUB EXTRAESCOLAR

NO TE SALTES ESTO

Los futbolistas deben estar en forma, ser ágiles y tener un gran sentido del equilibrio. En este club extraescolar, aprenderemos cuáles son las mejores maneras de practicar estas cosas al mismo tiempo. Es decir, a saltar. ¿Creías que saltar es fácil? Replantéatelo. Se sabe que los boxeadores incluyen saltar a la comba en su rutina de entrenamiento, y los futbolistas también lo hacen. Es un buen entrenamiento que no castiga demasiado a las articulaciones. ¡Salta!

Salto 1: Salto doble

Salta tan alto como puedas y haz girar rápidamente la cuerda de forma que esta pase dos veces bajo los pies mientras estás en el aire.

BUENO PARA... incrementar el pulso
NIVEL DE DIFICULTAD: 1/4

Salto 2: Salto corriendo

Necesitarás un poco de espacio, puesto que tendrás que correr y pasar la cuerda por debajo de los pies sin dejar de correr.

BUENO PARA... mejorar el estado físico y el equilibrio
NIVEL DE DIFICULTAD: 2/4

¡Me siento ligero!

Salto 3: Levantar las rodillas

En lugar de levantar los dos pies del suelo a la vez y a la misma altura, corre sin moverte de sitio saltando por encima de la cuerda y levantando una rodilla cada vez. Cansa bastante, así que hazlo solamente unas cuantas veces y luego vuelve a saltar de la forma normal.

BUENO PARA... Fortalecer las piernas
NIVEL DE DIFICULTAD: 3/4

Salto 4: Híbrido

Levanta los dos pies mientras saltas y haces pasar la cuerda por debajo de los pies de la forma habitual. Luego cruza rápidamente los brazos por delante intentando alejar las manos todo lo que puedas y salta a través del lazo que se habrá creado. Después vuelve a poner las manos en posición inicial y salta normalmente. ¡Necesitarás un poco de práctica para que el lazo salga bien, pero lo conseguirás!

BUENO PARA... Tener un buen rendimiento en los sprints
NIVEL DE DIFICULTAD: 4/4

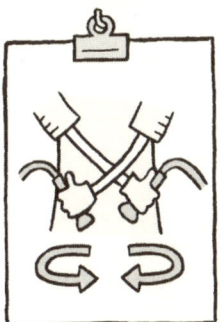

CONTROLA EL PULSO

El número de veces que late el corazón cada minuto es lo que llamamos pulso. Al saltar, tu pulso debería ser de 130 latidos por minuto. Para notarte el pulso, pon los dedos con suavidad a un costado del cuello hasta que notes el latido regular. Cuenta el número de latidos durante 10 segundos. Ahora multiplica el número por 6 y tendrás el número de latidos por minuto.

¡Que levante la mano quien sepa qué es la **lateralidad**! La lateralidad es el curioso hecho de que algunas personas utilizan un bolígrafo, aprietan un timbre o se rascan la nariz con la mano derecha, mientras que otras lo hacen con la mano izquierda. Casi todos nosotros hacemos la mayoría de las tareas preferentemente con una mano. Si preferimos emplear la derecha, somos diestros; si preferimos utilizar la izquierda, somos zurdos.

También sucede lo mismo con otras partes del cuerpo, como los ojos o los oídos. Quizás utilices el ojo izquierdo para mirar por el agujero de una cerradura. O tal vez siempre sostengas el teléfono contra la oreja derecha para responder una llamada. Eso se conoce como lateralidad del ojo y lateralidad del oído.

Bajemos a los pies. La mayoría de nosotros prefiere chutar un balón, o bien con el pie derecho, o bien con el izquierdo. En esta lección vamos a conocer la lateralidad del pie. ¿Tiene alguna ventaja ser diestro o zurdo, tanto dentro como fuera del campo? Estudiemos la rivalidad entre nuestros lados derecho e izquierdo.

¡Vamos, empecemos esta lección con buen pie!

MAYORÍA DE DERECHAS

Lo primero es lo primero: ¿por qué existe algo como la lateralidad? Algunos científicos dicen que es porque entrenar con una mano para una tarea en concreto hace que seas más hábil que si divides el trabajo entre las dos manos. Ser lo más hábil posible era muy importante para la supervivencia cuando vivíamos en plena naturaleza, hace cientos de miles de años.

Por ejemplo, imaginemos a dos hombres de las cavernas que aprendieran a lanzar piedras. E imaginemos que uno de los hombres solamente utilizara la mano derecha, pero que el otro empleara la mano derecha la mitad de las veces, y la mano izquierda la otra mitad. El que utilizara solo la mano derecha acabaría siendo el que haría los mejores lanzamientos, puesto que practicaría mucho más con la mano derecha que el otro hombre con cualquiera de las dos manos. Y si conseguía hacer el mejor lanzamiento, le resultaría más fácil lanzar piedras para matar animales y comérselos.

Probablemente te hayas dado cuenta de que lo más común en tu grupo de amigos es ser diestro. Tanto Alex como Ben son diestros.

De hecho, son diestras nueve de cada diez personas en el mundo. Un aspecto curioso de la lateralidad es que empieza a formarse antes de nacer. Un estudio demostró que nueve de cada diez bebés que se chupaban el pulgar en el vientre de la madre lo hacían con la mano derecha, y esa es la misma proporción de las personas que son diestras en la edad adulta.

El profesor Chris McManus, del University College de Londres, es uno de los grandes expertos mundiales en lateralidad. Él cree que, originariamente, todos los seres humanos eran diestros. No sabe por qué se desarrolló la lateralidad izquierda ni por qué hay muchas más personas diestras que zurdas. Lo que los científicos sí saben es que hace medio millón de años ya existían zurdos. Lo han averiguado estudiando muestras de dientes fosilizados. Muchos de los dientes tienen marcas en un ángulo a causa de que cortaban la piel de los animales con la mano derecha, pero otros dientes tienen marcas en el otro lado porque lo hacían con la mano izquierda.

¡Puaj, qué asco!

LO IZQUIERDO NO ESTÁ DEL DERECHO

Así pues, a lo largo de la historia siempre ha habido menos zurdos que diestros, y parece ser que en muchas culturas los zurdos se han llevado la peor parte. En la antigua Roma, los oradores públicos llevaban togas que limitaban su capacidad de movimiento del lado izquierdo, lo cual significaba que los zurdos no podían hacer gestos con la mano izquierda. En la Europa de la Edad Media, ser zurdo se asociaba con el diablo y la brujería.

La mala fama de los zurdos continuó hasta la época moderna. En la India, muchas personas comen con las manos, pero solo con la mano derecha. ¡Es de mal gusto comer con la mano izquierda porque esa mano se utiliza para limpiarse el trasero! En Ghana, África, señalar con la mano izquierda está mal visto.

En muchos idiomas, la palabra «derecho» se asocia con las cosas buenas, y la palabra «izquierdo», con las malas. En inglés, «*right*» (derecho) significa «correcto». Compara esto con el significado de la palabra «izquierdo» en los siguientes idiomas:

IDIOMA	PALABRA QUE SIGNIFICA «IZQUIERDO»	OTRO SIGNIFICADO
Francés	Gauche	Torpe
Alemán	Links/Link	Deshonesto
Italiano	Sinistra/Sinistro	Siniestro
Noruego	Keiv	Mal
Polaco	Lewy	Basura
Portugués	Canhoto	Maligno
Turco	Sol	Raro

DAME LA MANO

Incluso en el fútbol, a los jugadores se los anima a que utilicen la mano derecha. Antes de un partido de competición, los futbolistas se encajan las manos como gesto de respeto. Pero ¿por qué utilizan la mano derecha para hacerlo? Algunos historiadores creen que el motivo se remonta a los tiempos de la Antigua Grecia, cuando todo el mundo llevaba un arma encima. Si te encontrabas con alguien desconocido, ofrecer la mano derecha indicando que no sujetabas un arma era un gesto de amistad. El gesto que se hace hacia arriba y hacia abajo al dar un apretón de manos era para que cayeran los cuchillos que pudieran estar escondidos dentro de la manga.

¿Y QUÉ PASA CON LOS ZURDOS?

Ser zurdo no siempre es fácil, pues muchas cosas están diseñadas para las personas diestras. Estos son algunos objetos cotidianos que a veces son difíciles de utilizar para los zurdos:

OBJETO	MOTIVO
Cámara	Hay que utilizar la mano derecha para disparar
Pluma	Utilizarla con la mano izquierda hace que se derrame la tinta
Sacapuntas	Es difícil girar el lápiz en el sentido de las agujas del reloj con la mano izquierda
Tijeras	Es difícil cogerlas y cortar bien con la mano izquierda
Cremallera	Hay que subirla con la mano derecha

Pero ser una persona zurda también tiene sus ventajas. Algunos estudios han demostrado que los zurdos pasan menos tiempo en las colas de las tiendas, y eso es porque las personas tenemos tendencia a ponernos en la cola de nuestro lado dominante. Puesto que hay más diestros que zurdos, las colas del lado derecho tienden a ser más largas que las de la izquierda. Además, normalmente los zurdos aprueban con mayor facilidad el examen de conducir (solo en el Reino Unido, eso sí); debe de ser porque utilizan su lado dominante para manejar el cambio de marchas.

El profesor McManus cree que el cerebro de las personas zurdas tiene algunas conexiones diferentes al de las personas diestras, lo cual puede hacer que sea gente más creativa y que destaque en la música y la poesía. Tres de los últimos cinco presidentes de Estados Unidos han sido zurdos (más de lo que uno hubiera esperado). Lo mismo se puede decir de los ganadores del Premio Nobel.

Sea como sea, el profesor McManus también dice que eso puede ser a la inversa. El tipo de conexiones cerebrales de la persona zurda puede producir dificultades en algunos aspectos del habla y del lenguaje.

LA VIDA TIENDE HACIA UN LADO

Tal como ya has visto, nueve de cada diez personas son diestras. En porcentaje, diríamos que el 90% de las personas son diestras y que el 10% son zurdas. Los porcentajes, sin embargo, varían poco cuando se trata de otras partes del cuerpo:

PARTE DEL CUERPO	DIESTROS	ZURDOS
Mano	90%	10%
Pie	80%	20%
Ojo	70%	30%
Oreja	60%	40%

CON EL PIE IZQUIERDO

Si utilizas más a menudo el pie derecho, te resultará más natural jugar a un lado del campo. Eso es así porque la pierna dominante se encontrará más cerca de la línea de banda. Tal cosa significa que podrás utilizar toda la amplitud del campo. De la misma manera, si empleas más el pie izquierdo, te resultará más natural jugar en el lado izquierdo del campo.

Quizás hayas pensado que la tendencia que tienen los diestros a estar en el lado derecho y la que tienen los zurdos a ponerse en el lado izquierdo implica que en un equipo haya más o menos el mismo número de diestros que de zurdos. Pero, sorprendentemente, no es así. El doctor David Carey, de la Universidad de Bangor, descubrió que aproximadamente el 80% de los futbolistas profesionales tienen lateralidad de pie derecho, y que el 20% la tienen del izquierdo, lo cual representa el mismo porcentaje que en el conjunto de la población. El doctor Carey extrajo tales resultados de una serie de partidos de dos Copas del Mundo y de toda una temporada de la Premier League.

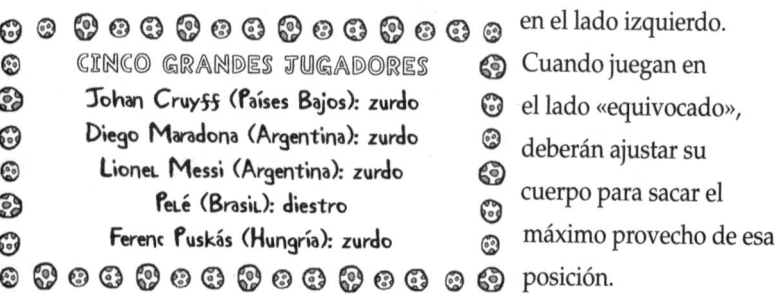

¡La izquierda es la mejor!

El hecho de que la mayoría de los jugadores de un equipo tenga lateralidad derecha significa que es muy común que jueguen en el lado izquierdo. Cuando juegan en el lado «equivocado», deberán ajustar su cuerpo para sacar el máximo provecho de esa posición.

CINCO GRANDES JUGADORES
- Johan Cruyff (Países Bajos): zurdo
- Diego Maradona (Argentina): zurdo
- Lionel Messi (Argentina): zurdo
- Pelé (Brasil): diestro
- Ferenc Puskás (Hungría): zurdo

Algunos de los mejores futbolistas de todos los tiempos son zurdos. En la lista anterior verás a nuestros jugadores favoritos de siempre (aunque no en orden de preferencia). ¡Cuatro de ellos son zurdos!

Esta lista es un pequeño ejemplo, pero su número es mayor que el promedio del 20% en el fútbol. Quizás eso se deba a que para los diestros resulta difícil jugar contra los zurdos porque es menos habitual encontrarse con uno… ¡O quizá los zurdos tengan más éxito porque están acostumbrados a buscarse la vida en un mundo de diestros!

En algunos deportes, ser zurdo puede ser una gran ventaja. El porcentaje de profesionales de éxito en el críquet, el tenis, el béisbol, la esgrima y el boxeo es mucho mayor que la media. Los expertos creen que se debe a que ser zurdo añade un elemento de sorpresa a su forma de jugar, puesto que los diestros tienen menos experiencia en jugar contra los zurdos.

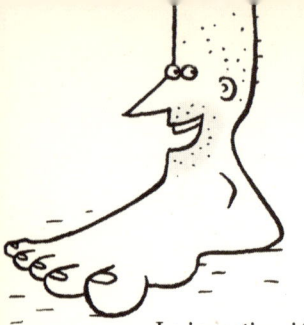

¡Eh, soy bípedo!

¡Yo también!

PIES IGUALES

La investigación del doctor Carey también demostró que, en el campo de juego, los jugadores utilizan su pie dominante el 80% del tiempo, pero que tienen más éxito cuando utilizan el otro pie, su pie débil, en los pases. El doctor Carey cree que eso es porque los futbolistas solamente utilizan su pie débil en situaciones fáciles, y que hacen los pases más arriesgados con el pie dominante.

Algunas personas pueden hacerlo igual de bien con los dos lados. A la gente que es igual de buena con la mano derecha que con la izquierda se la conoce como «ambidiestra», vocablo que proviene de la palabra latina «*ambi*», que significa «ambos», y «*dexter*», que significa «lado derecho».

También a los futbolistas que son igual de buenos con un pie que con el otro se les llama ambidiestros, pero en el argot del deporte se dice que tienen dos piernas, ¡aunque los futbolistas profesionales tienen dos pies! El doctor Carey calculó que solamente uno de cada mil jugadores masculinos es verdaderamente ambidiestro.

El centrocampista Santi Cazorla es ambidiestro. Una vez se lesionó el pie derecho (su pie dominante) y a partir de ese momento practicó tanto con el izquierdo que ahora puede lanzar saques de esquina con los dos pies… ¡Y ni siquiera sabe con cuál de los dos lo hace mejor! Y resulta que Cazorla pretendía una cosa más: otro estudio realizado sobre 3.000 jugadores mostró que los jugadores zurdos ganaban un poco más de dinero que sus compañeros diestros. Pero los futbolistas ambidiestros pueden ganar hasta un 15% más que los diestros.

CHICAS DIESTRAS

Hemos dicho que el 90% de la población es diestra y que el 10% es zurda. Si separamos estas cifras entre hombres y mujeres, encontramos que el 12% de los hombres son zurdos, y que solamente el 9% de las mujeres son zurdas. Nadie sabe por qué hay más hombres zurdos que mujeres, pero puede deberse a que las chicas que nacen zurdas tienen una mayor tendencia que los chicos a cambiar de lateralidad a una edad temprana.

Eso también puede aplicarse al campo de juego. El doctor Carey estudió a todas las mujeres que jugaron en la fase final de la Copa del Mundo de 2011 y de los Juegos Olímpicos de 2012. Comparó sus observaciones con los datos que tenía sobre los futbolistas hombres y descubrió que las mujeres futbolistas tenían una menor tendencia a utilizar el pie izquierdo.

PIE	FUTBOLISTA (FEMENINA)	FUTBOLISTA (MASCULINO)
Diestro	87,5%	79,8%
Zurdo	11,1%	20,1%
Ambidiestro	1,3%	0,1%

LATERALIDAD CRUZADA

¡Algunos jugadores tienen la lateralidad derecha y la lateralidad izquierda mezclada! Esos futbolistas pueden ser diestros con la mano y zurdos con el pie:

- Patrice Evra (Francia)
- Hugo Lloris (Francia)
- Lionel Messi (Argentina)
- Danny Rose (Inglaterra)
- David Silva (España)

NIEVES DOSMANOS

☆ ALUMNO ESTRELLA

❝¡Izquierda! ¡Derecha! ¡Izquierda! ¡Derecha!❞

☆☆☆ ALUMNO ESTRELLA — datos

Dominio de la mano derecha: 60%.
Dominio del oído izquierdo: 30%.
Dominio de la fosa nasal derecha: 80%.
Dominio de la nalga izquierda: 75%.
Lugar de nacimiento: Bosque Izquierdo, Colombia
Hincha de: Spartac de Manoteras (España)
Jugador favorito: Reimond Manco
Habilidad: Genial con los dos pies

TEST DE BIOLOGÍA

1. ¿Cómo se llama a un deportista que utiliza la mano izquierda?

   a) Zurdo
   b) Diestro
   c) Ambidiestro
   d) Cruzado

2. ¿En qué deporte está prohibido jugar con la mano izquierda?

   a) Golf
   b) Polo
   c) Bádminton
   d) Pulga saltarina

3. ¿Qué animal es casi exclusivamente zurdo?

   a) Suricata
   b) Rana
   c) Canguro
   d) Babuino

   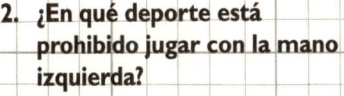

4. Paolo Maldini jugó más de 900 partidos con el AC Milan y ganó siete títulos de la liga italiana y cinco títulos de la Champions con ese equipo. Era ambidiestro. ¿Cuál de las siguientes afirmaciones es cierta?

   a) Tenía uno de los pies del doble de tamaño que el otro
   b) Pasó toda su carrera jugando como defensa lateral izquierdo

   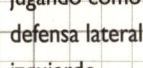

   c) Tenía miedo de chutar con el pie derecho
   d) Los únicos goles que marcó en su carrera fueron con la cabeza

5. ¿Qué probabilidades hay de que, entre dos hermanos gemelos, uno sea zurdo y el otro sea diestro?

   a) Cero por ciento
   b) Veinte por ciento
   c) Cincuenta por ciento
   d) Cien por cien

El fútbol va de números. Es un juego en el que juegan 11 contra 11, que dura 90 minutos y en el cual cada uno de los equipos intenta marcar un número de goles superior al de su contrincante. La clasificación está llena de dígitos: goles, empates, fallos, partidos jugados, diferencia de goles y puntos totales. ¡A Alex le encanta el fútbol por todos esos números!

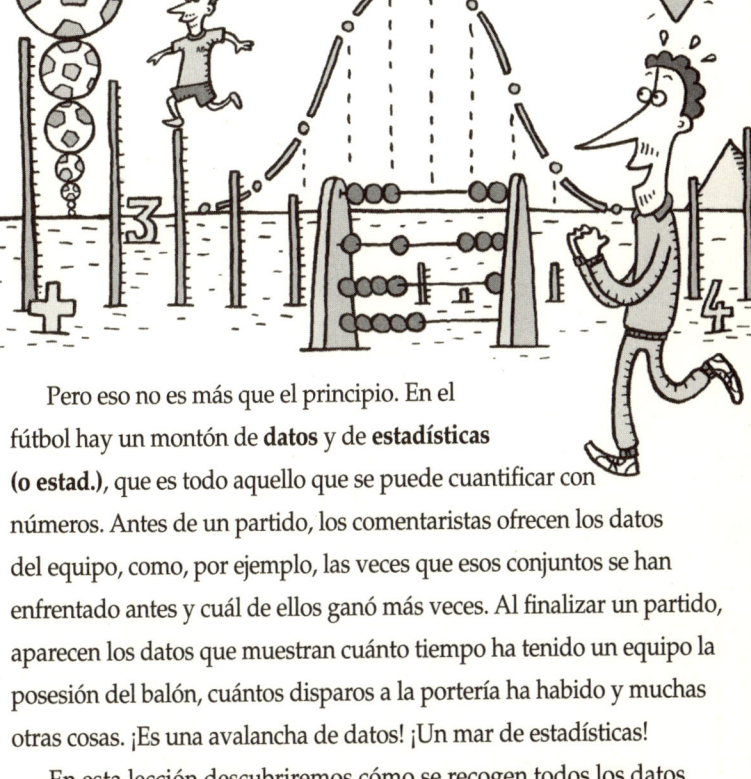

Pero eso no es más que el principio. En el fútbol hay un montón de **datos** y de **estadísticas** **(o estad.)**, que es todo aquello que se puede cuantificar con números. Antes de un partido, los comentaristas ofrecen los datos del equipo, como, por ejemplo, las veces que esos conjuntos se han enfrentado antes y cuál de ellos ganó más veces. Al finalizar un partido, aparecen los datos que muestran cuánto tiempo ha tenido un equipo la posesión del balón, cuántos disparos a la portería ha habido y muchas otras cosas. ¡Es una avalancha de datos! ¡Un mar de estadísticas!

En esta lección descubriremos cómo se recogen todos los datos en el fútbol y luego veremos cómo se pueden utilizar para que nos ofrezcan una fascinante información sobre el partido.

¡Que empiece la cuenta atrás!

VELOCIDAD DE DATOS

Al inicio de todos los partidos de la Premier League, en una oficina muy alejada del estadio, dos personas se sientan delante de un panel de pantallas de ordenador para convertir el partido en números.

En cuanto suena el silbato, esos **compiladores de datos** empiezan a escribir con sus teclados. ¡Tap, tap, tap, tap! Cuando uno de los jugadores toca el balón, introducen el número de su camiseta y también lo que hace con la pelota (como «pase» o «centro») a partir de una lista de muchas acciones. Hay dos compiladores de datos, porque reunir toda la información es demasiado para una sola persona. Se reparten el trabajo: uno de ellos introduce los datos del equipo anfitrión; el otro, los datos del equipo visitante.

Los compiladores de datos deben estar concentrados durante todo el partido para poder capturar cada detalle. ¡Nada de estornudar ni de rascarse el trasero! Además de «pase» o «centro», existen otras 50 acciones que introducirán si se producen durante el partido. Algunas son muy fáciles de registrar, como «gol», «córner» o «tarjeta roja». Pero hay otras que requieren tener vista de águila y buen criterio, como «pase al primer toque», «control» o «robo de balón». En una de las pantallas aparece un esquema del campo de juego sobre el cual los compiladores marcan la posición del balón cada vez que alguien lo toca.

Al terminar el partido, revisan rápidamente los datos por si hubiera errores y los mandan a las cadenas de televisión y a los periódicos. Por fin se pueden relajar. Han sido 90 minutos agotadores para sus ojos, sus dedos y su cerebro.

UN TRABAJADOR CON TALENTO

Recopilar los datos de un partido es una tarea que realizan los humanos y no los ordenadores porque estos últimos no son lo bastante buenos (¡todavía!) para hacerlo de la forma adecuada. Por ejemplo, cuando un puñado de jugadores saltan a por el balón tras un lanzamiento de córner, un compilador humano es capaz de distinguir quién se hizo con la pelota fijándose en detalles tales como la expresión facial de un jugador, el peinado o, quizá, el color de las botas. ¡Los ordenadores no tendrían ni idea!

Más kilómetros recorridos en 90 minutos...
Más entradas en una temporada...
Menos saques de esquina...
Menos lesiones...
Más centros al área...
Más paradas...
Más tarjetas rojas...
Más pases en la partido...

Ser un compilador de datos parece divertido, ya que lo único que haces es mirar partidos de fútbol. Pero no todos los seres humanos cuentan con la habilidad necesaria para serlo. Hace falta tener una coordinación muy buena entre la mano y la vista, lo cual significa que puedes mover las manos de forma rápida y precisa en función de lo que ves. Ellos saben exactamente cómo mover las manos sobre el teclado sin mirarlo.

La mayor parte de las personas que prueban suerte en este trabajo no tienen las habilidades técnicas necesarias para realizarlo. Ni siquiera aquellos que dedican ocho horas diarias a entrenar con juegos de simulación durante entre cuatro y seis semanas. Y, después de ese entreno, todavía necesitan unos cuantos meses de práctica para ganar confianza. Durante un partido cualquiera, recopilan unos 2.000 datos, lo cual significa un dato cada dos segundos. ¡Eso sí es estar al quite!

TODO SON DATOS

Recopilamos todos esos datos para comprender mejor un partido. Los números nos permiten descubrir cosas del fútbol que, de otra manera, no conoceríamos. Si analizamos los datos del fútbol inglés de la primera división entre 1888 y 1992, así como de la Premier League desde 1992 a 2017, descubriremos fácilmente algunos hechos curiosos.

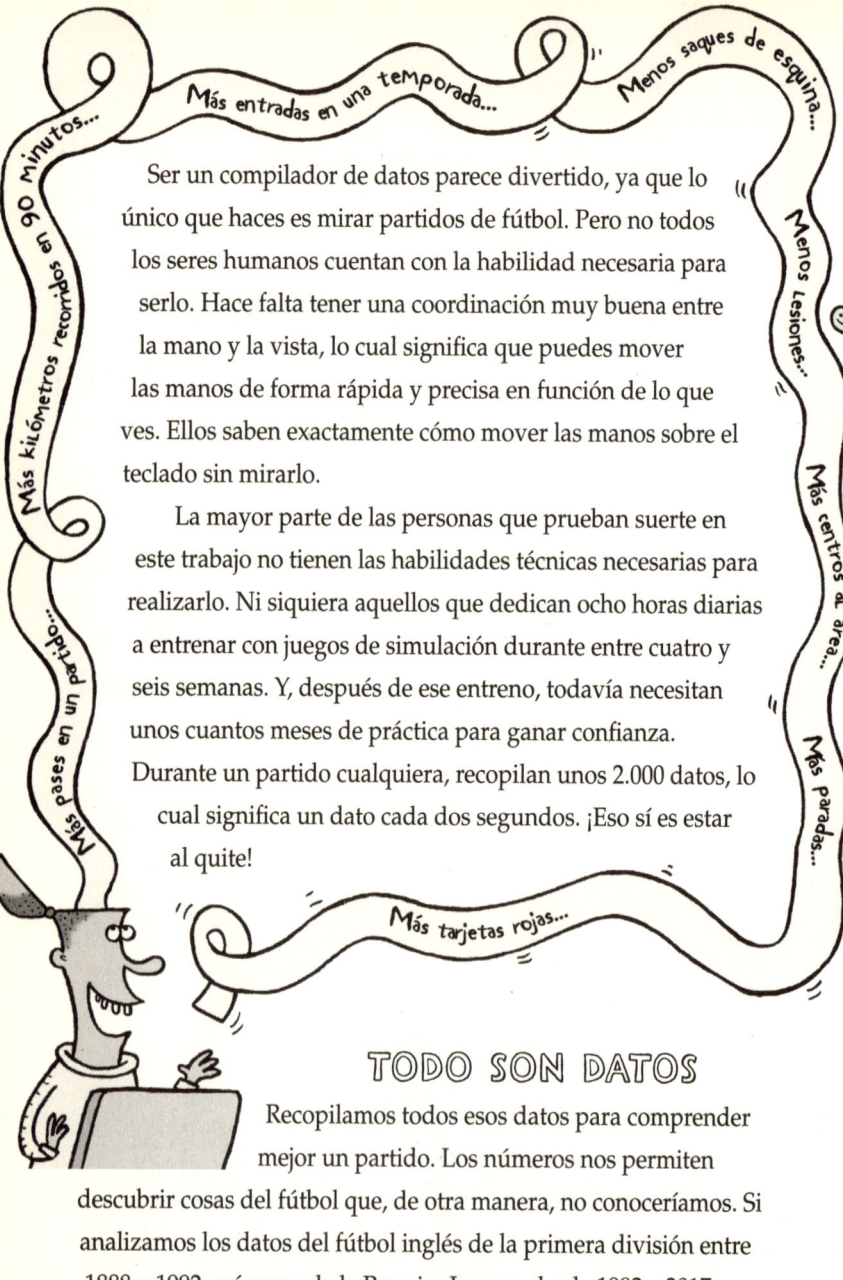

NÚMEROS DE UN PARTIDO

7 goles marcó Ted Drake, del Arsenal, jugando contra el Aston Villa en diciembre de 1935: es el número máximo de goles marcados por un jugador en un único partido en la máxima liga del fútbol inglés.

0-0 es el resultado más común en la Premier League.

89 es el minuto del partido en que hay más probabilidades de que se marque un gol (excepto los tantos marcados a los 45 y a los 90 minutos, porque estos se dan en tiempo de descuento).

168 fueron los pases que hizo Yaya Touré cuando jugó en el Manchester City contra Stoke City en diciembre de 2011: es el mayor número de pases que un jugador ha realizado en la Premier League desde que se empezaron a recopilar datos, en 2006.

¡Y este es el séptimo de Ted!

PORCENTAJES PERFECTOS

A veces es necesario hacer algunos cálculos para que las estadísticas sean más fáciles de comprender. Hoy vamos a aprender algunas cosas sobre los porcentajes y los promedios.

Los porcentajes es la manera en que describimos una cantidad como una proporción de cien; se utiliza para que sea fácil comparar las cifras. Por ejemplo, el siguiente dibujo muestra desde qué partes del campo de juego se marcaron todos los goles de la Premier League desde 1992 hasta 2017.

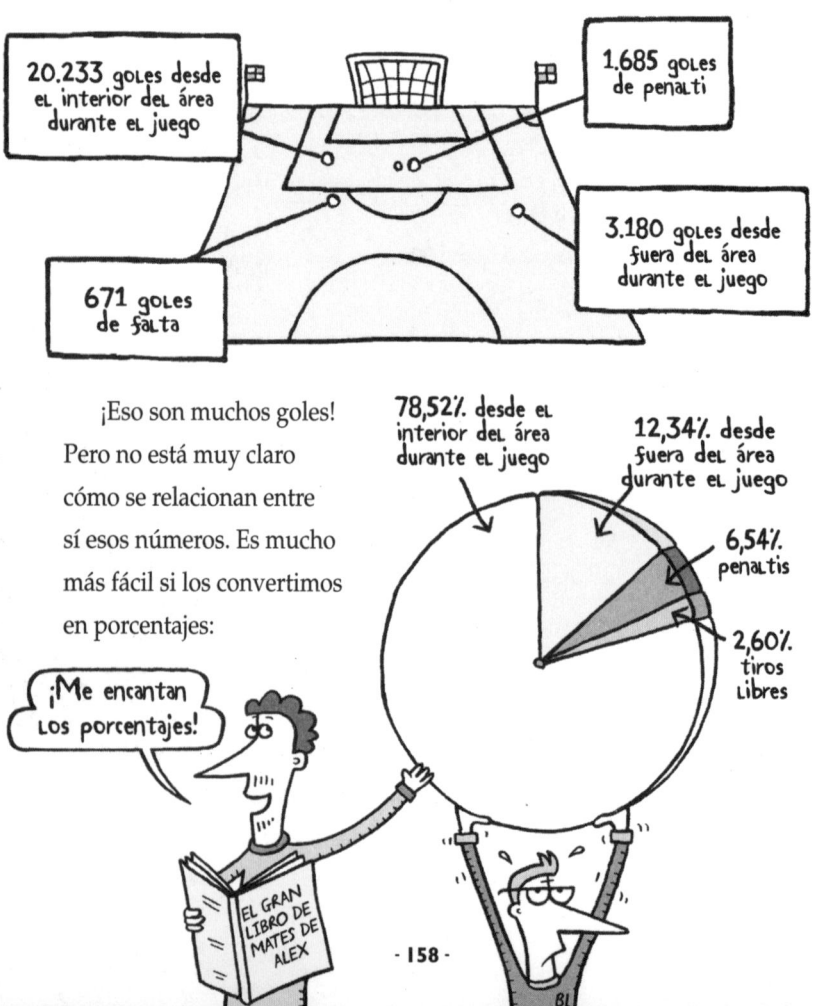

20.233 goles desde el interior del área durante el juego

1.685 goles de penalti

3.180 goles desde fuera del área durante el juego

671 goles de falta

¡Eso son muchos goles! Pero no está muy claro cómo se relacionan entre sí esos números. Es mucho más fácil si los convertimos en porcentajes:

78,52% desde el interior del área durante el juego

12,34% desde fuera del área durante el juego

6,54% penaltis

2,60% tiros libres

¡Me encantan los porcentajes!

EL GRAN LIBRO DE MATES DE ALEX

Las cifras del pastel significan que, de cada 100 goles, unos 79 se marcaron desde el interior del área durante el juego, unos 12 se marcaron desde fuera del área durante el juego, unos 7 fueron de penalti y unos 3 se marcaron con tiros libres (si redondeamos hasta la cifra más cercana). Cien es una cifra fácil para hacer las comparaciones; los porcentajes hacen que las cosas sean más fáciles de comprender.

PROBLEMA DE PORCENTAJE

Puesto que a Ben le encantan los penaltis, vamos a enseñarle cómo calcular el porcentaje de goles marcados con la pena máxima. En primer lugar, debemos contar el número total de goles de todo tipo, que es de 25.769. Luego dividiremos el número de goles marcados de penalti entre el total, de esta manera:

1.685 ÷ 25.769 = 0,0654

Luego, lo multiplicaremos por 100:

0,0654 x 100 = 6,54%

¡Ya lo tenemos! 6,54% de goles marcados de penalti. La manera de calcular un porcentaje siempre es la misma: dividir el número de algo en concreto (por ejemplo, cómo se marca un gol) entre el número total (por ejemplo, el de todos los goles marcados). Luego hay que multiplicar el resultado por 100.

A veces, los entrenadores de fútbol dicen que su juego rindió un «ciento diez por ciento». ¡Lo que significa que los entrenadores son muy malos en matemáticas! Nadie puede dar más del cien por cien, puesto que el cien por cien de algo significa el todo de ese algo. Decir que el equipo dio el ciento diez por ciento es una exageración que significa que los chicos dieron todo lo que podían dar… y más. En la Escuela de Fútbol, nos burlamos de los entrenadores que no exageran lo suficiente. ¡Aquí hablamos del ciento once por ciento!

PROMEDIOS INCREÍBLES

A veces no se marca ningún gol en un partido (¡buuuu!). A veces en un partido hay muchos goles (¡genial!). Podemos utilizar las matemáticas para averiguar cuál es el promedio de goles de un partido.

> ¡El promedio de goles de un partido de la Premier League es de 2,64!

Esta estadística no significa que en cada partido se marquen 2,64 goles... ¡Eso sería imposible! Lo que significa es que, a veces, hay menos de 2,64 goles y, a veces, hay más de 2,64 goles; sin embargo, si miramos todos los partidos de la Premier League desde 1992 hasta 2017, una estimación del número más común de goles es de 2,64. Este es el promedio.

SUMA DE PROMEDIOS

Calculamos el promedio de goles de un partido sumando todos los goles de todos los partidos y dividiendo esa cifra por el número de partidos:

25.769 ÷ 9.746 = 2,64

El promedio de goles de un partido de la Premier League entre 2010 y 2017 es de 2,75, un poco más alto que el promedio de todos los partidos entre 1992 y 2017. Compara estas cifras con los promedios de las diferentes ligas. En Alemania verás que el promedio es de casi medio gol más por partido que en Francia.

AG. 2010-17	PORCENTAJE DE GOLES POR PARTIDO
Bundesliga alemana	2,90
La Liga española	2,78
Premier League inglesa	2,75
Serie A, Italia	2,67
Liga 1, Francia	2,50

REGLAS DEL ANFITRIÓN

Casi todos los aficionados al fútbol saben que disputar un partido en casa siempre es una ventaja, puesto que los equipos tienen tendencia a jugar mejor en su propio estadio. Hay muchos motivos por lo que esto es así, como estar familiarizado con el campo, estar rodeado de todos tus hinchas y no tener que viajar muy lejos para celebrar el partido. Lo que es genial de las matemáticas es que podemos utilizarlas para averiguar exactamente cuánto es mejor jugar en casa.

CASA
Promedio de goles marcados por los equipos en su casa: 1,53

FUERA DE CASA
Promedio de goles marcados por los equipos fuera de casa: 1,12

Si los equipos marcan en casa, de promedio, 1,53 goles por partido, pero solamente marcan 1,12 goles fuera de casa, los equipos marcan 1,53 - 1,12 = 0,41 goles más cuando juegan en casa que cuando juegan fuera. ¡La ventaja de jugar en casa es de casi medio gol por partido!

¡Marcamos 0,41 goles más por partido cuando jugamos en casa!

APUNTANDO AL OBJETIVO

La tasa de conversión de goles es el número de veces que un disparo a portería acaba en gol. El porcentaje se calcula dividiendo el número de disparos que acaban en gol entre el número total de disparos a portería. Aquí tienes los diez mejores equipos desde 2010 a 2017.

El promedio de la tasa de conversión de goles de todos los clubs es del 12,91 por ciento. ¡Eso demuestra lo buenos que son los mejores!

EQUIPO	TASA DE CONVERSIÓN DE GOLES
Barcelona	22,24
Real Madrid	19,38
RB Leipzig	19,08
Bayern de Múnich	18,52
Paris Saint-Germain	17,82
Manchester City	16,89
Manchester United	16,85
Monaco	16,69
Borussia de Dortmund	16,62
Arsenal	16,38

BRIDGET DIGIT
☆ ALUMNA ESTRELLA
66 ¡Me salgo del promedio! 99

☆ ALUMNA ESTRELLA — datos

Grupo favorito: One Direction
Libro favorito: Farenheit 451
Helado favorito: Tres Sabores Tío Rico
Suma favorita: 7 × 11 × 13 = 1001
Lugar de nacimiento: 25 de Mayo, Argentina
Hincha de: El 10 Fútbol Club Internacional (Colombia)
Jugador favorito: Nicolás Diez
Habilidad: Mejor en divisiones de la división

TEST DE MATEMÁTICAS

1. ¿Qué quiere decir la abreviatura «estad.»?

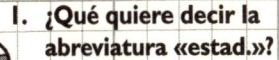

a) estadística
b) estados
c) estadio
d) estadista

2. ¿Cuál de estos trabajos requiere una buena coordinación entre la vista y las manos?

a) Librero
b) Profesor
c) Modelo
d) Conductor de autobús

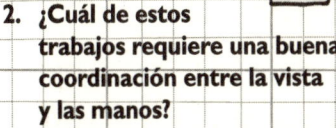

3. ¿Cuál es el 50 por ciento de 90 minutos?

a) 45 minutos
b) 50 minutos
c) 90 minutos
d) 110 minutos

4. Un equipo juega cuatro partidos y marca el siguiente número de goles: 1, 1, 2, 4. ¿Cuál es el promedio de goles que ha marcado por partido?

a) 1
b) 2
c) 3
d) 4

5. ¿Qué significa la expresión «BIG DATA»?

a) Datos sobre personas grandes
b) Una especie de datos grandes que crecen en Chipre
c) Muchos y muchos datos
d) DATA escrito en mayúsculas

Ser entrenador de fútbol es como ser profesor. Pero los entrenadores y los profesores quieren que sus jugadores, o alumnos, aprendan, se desarrollen, sean felices y que rindan al máximo. También quieren que estén callados mientras ellos hablan, que no armen mucho follón ¡y que no hagan muecas a sus espaldas!

Ya sabéis que los profesores pueden ser muy diferentes. Algunos son muy estrictos, a otros les encantan los chistes malos, otros lo explican todo y hay algunos que dejan algunas cosas para que vosotros las averigüéis.

Y los alumnos también son diferentes. Algunos alumnos hacen los deberes cuanto antes, mientras que otros los dejan hasta el último minuto. Hay alumnos que detestan hablar en clase, pero a muchos les encanta como suena su propia voz.

Lo mismo se puede decir del fútbol. Existen muchos estilos de entrenar, y cada jugador es distinto. El reto de un entrenador es encontrar un estilo de liderazgo que saque lo mejor de cada jugador individual y que consiga que todo el equipo mejore. Para conseguirlo, el entrenador deberá comprender qué es lo que hace que cada jugador responda: ¿qué funcionará mejor: la amenaza de un castigo o rodear los hombros con el brazo?

Los entrenadores no solo son los encargados de la táctica. También son psicólogos, que es como llamamos a las personas que son expertas en cómo funciona la mente de la gente.

Bueno, los del fondo, ¿me oís?

¿QUÉ TIPO DE ENTRENADOR ERES?

Hay muchas maneras diferentes de dirigir un equipo. ¡Echad un vistazo a estos famosos entrenadores y pensad si os recuerda a vuestro profesor favorito… o al menos favorito!

1. LOS ABRAZOS: JÜRGEN KLOPP

Equipos que ha entrenado: Mainz 05, Borussia Dortmund, Liverpool.
En la fiesta de Navidad de 2016 del Liverpool, los ánimos estaban por los suelos. Ese mismo día, el equipo había perdido contra el Watford. Pero el entrenador, Jürgen Klopp, no quería que sus jugadores estuvieran tristes. Les dijo que se olvidaran del partido, que se divirtieran y que bailaran mucho. Saltó a la pista de baile e hizo reír a todo el mundo. Esa es una de las maneras que tiene Klopp de sacar lo mejor de sus equipos. Utiliza su humor para caer bien a la gente: ¡cuando alguien te cae bien, es probable que trabajes duro para esa persona!

Klopp se pasa el 70% del tiempo haciendo feliz a todo el mundo. Cree firmemente en el lema de «juntos, todos conseguimos más». Es fácil ver a Klopp riéndose en la línea de banda. También abraza a menudo a los jugadores para demostrarles que se preocupa por ellos. Algunos estudios científicos han demostrado que los compañeros que se abrazan o se tocan tienden a tener éxito. Incluso aunque el equipo haya perdido, los jugadores de Klopp reciben un abrazo. «La emoción es lo que marca la diferencia», afirma. ¡Klopp cuida a los jugadores!

TAMBIÉN ABRAZAN:
Slaven Bilić
Antonio Conte
Jorge Jesus
Diego Simeone

2. EL PENSADOR: PEP GUARDIOLA

Equipos que ha entrenado: Barcelona, Bayern de Múnich, Manchester City.

Todos los entrenadores desean derrotar a sus contrincantes. Pep Guardiola se pasa horas mirando vídeos para averiguar las debilidades de los otros equipos. ¡Sus amigos dicen que no puede estar más de 32 minutos sin pensar en el fútbol!

Guardiola no tiene miedo de proponer nuevas soluciones para ganar un partido. Fue famosa su decisión de cambiar la posición de Lionel Messi en el Barcelona para ayudarlo a convertirse en uno de los mejores jugadores del mundo. En el mismo equipo, vendieron a Zlatan Ibrahimović porque no encajaba con las ideas del entrenador. Es habitual que Guardiola coloque a los defensas en el medio campo o a los centrocampistas en la defensa, si cree que eso hará que el equipo maneje mejor el balón.

OTROS PENSADORES:
Marcelo Bielsa
Mauricio Pochettino
Jorge Sampaoli
Thomas Tuchel

Sus jugadores dicen que es un perfeccionista. Guardiola cree que el fútbol debería jugarse de cierta manera: teniendo la posesión del balón tanto tiempo como sea posible antes de crear una oportunidad. Si los jugadores están dispuestos a aprender, él es un profesor que les planteará desafíos hasta el límite y los conducirá a grandes victorias.

3. EL LÍDER CALLADO: CARLO ANCELOTTI

Equipos que ha entrenado: *Reggiana, Parma, Juventus, AC Milan, Chelsea, Paris Saint-Germain, Real Madrid, Bayern de Múnich.*

Carlo Ancelotti es conocido por ser de naturaleza callada y ser abierto de mente. Suele cambiar de idea para encontrar la solución adecuada. Ha entrenado a algunos de los mejores clubs del mundo, y cae bien vaya donde vaya. ¡Eso es impresionante!

También ayuda el hecho de que Ancelotti hable un montón de idiomas. Asimismo había sido un buen jugador que ganó tres títulos de la liga italiana y dos Copas de Europa. Jugaba de centrocampista y era conocido por conseguir que las cosas sucedieran discretamente.

Como entrenador, Ancelotti hace lo mismo: es capaz de encajar en cualquier ambiente y de obtener resultados. No siempre la persona más ruidosa es la mejor. Ancelotti habla poco y en voz baja, pero cuando lo hace, vale la pena escucharlo. Muchas veces deja que los jugadores decidan la estrategia que quieren utilizar en un partido.

No tiene un estilo de fútbol preferido. Cuando era entrenador de la Juventus, alteró el sistema del equipo para acomodar al centrocampista francés Zinedine Zidane. En el Real Madrid, cambió las cosas para sacar lo máximo de Cristiano Ronaldo. La habilidad de un líder discreto es parecer que no hace nada cuando, en realidad, hace mucho.

OTROS LÍDERES DISCRETOS:
Didier Deschamps
Chris Hughton
Fernando Santos
Zinedine Zidane

4. EL PROFESOR: ARSÈNE WENGER

Equipos que ha entrenado: *Nancy, Monaco, Nagoya Grampus Eight, Arsenal*

Cuando el Arsenal incorporó a Arsène Wenger como entrenador en 1996, un periódico tituló la noticia de la siguiente manera: «¿Arsène Qué?». Muy pronto, todo el mundo supo exactamente quién era. El francés no tardó en ganar tres títulos de la Premier League, incluido el de la temporada 2003/2004, en que el equipo no perdió ni un solo partido. ¡Invencibles!

El éxito de Wenger en el Arsenal cambió muchas cosas en el fútbol. Los equipos seguían su punto de vista sobre la nutrición: prohibió los dulces, el chocolate y las bebidas gaseosas en la zona de entrenamiento. También introdujo sesiones de estiramientos regulares antes del entrenamiento. Algunos de los jugadores más veteranos dijeron que esto les permitió jugar unos años extra. Otros equipos se pusieron menos nerviosos al incorporar entrenadores extranjeros o fichar jugadores extranjeros.

El principio clave de Wenger era elegir a jugadores jóvenes y ayudarlos a mejorar. No tenía miedo de seleccionar a jugadores novatos. «En primer lugar, es un maestro; en segundo lugar, es un entrenador; en tercero, es un estratega», dijo un seguidor del Arsenal que le conoce. Wenger dijo de sí mismo y de la influencia que ejercía: «Me sentía como si estuviera abriendo la puerta para el resto del mundo».

OTROS MAESTROS:
Peter Zsz
Eddie Howe
Leonardo Jardim
Óscar Tabárez

UN EQUIPO UNIDO JAMÁS SERÁ VENCIDO

Un buen entrenador siempre buscará la manera de ayudar a que el equipo esté unido. Después de todo, si comprendes y quieres a tus compañeros de equipo, te esforzarás un poco más en ayudarlos en el campo de juego. He aquí algunos métodos disparatados que los entrenadores han utilizado:

PASTORES DE OVEJAS

Eddie Howe, cuando era entrenador del Burnley, quería que sus jugadores balaran juntos (¿lo pillas?), así que se los llevó en un viaje sorpresa a una granja de Bristol. Los separó en dos grupos; cada grupo tenía que conducir a diez ovejas hasta un cercado que había en medio de un campo. En aquel momento le pareció que ese era un buen ejercicio de liderazgo y de trabajo en equipo. Más tarde admitió que se molestó con algunos de los jugadores. «Para mí, fue el momento de comprender que con los futbolistas modernos hay cosas que no se pueden hacer —dijo Howe—. Hacer de pastor de ovejas quizá sea una de ellas.»

EL LAGO DE LOS CISNES

Graham Potter ha sido el entrenador con mayor éxito de la historia del Östersunds FK, un pequeño club de Suecia. Desde que Potter se incorporó al equipo en 2011, el ÖFK pasó de la cuarta a la primera división gracias a algunos métodos de entrenamiento bastante únicos. Por ejemplo, Potter les pide a los jugadores, cada año, que trabajen juntos en un proyecto cultural. Un año colaboraron escribiendo un libro. En 2016 realizaron una versión en danza moderna del ballet de 1877 *El lago de los cisnes*. «Si quieres que maduren como personas, debes pasar por esas incómodas experiencias —dijo Potter—. Como equipo, si todos comprendemos eso, nos podremos ayudar mutuamente.»

AMASANDO UNAS PIZZAS

El entrenador Claudio Ranieri premió a sus jugadores del Leicester City por mantener su puerta a cero en un partido contra el Crystal Palace llevándolos a una lección de cómo hacer pizza. Todo el equipo participó en preparar la masa y en poner sus propios ingredientes extra. «Es el espíritu de equipo; les encanta entrenar —dijo el italiano Ranieri—. Es importante tener un poco de suerte. La suerte es la sal, los hinchas son el tomate…, y sin tomate no hay pizza.» Funcionó: el Leicester ganó la Premier League. ¡*Bravissimo*, Claudio!

¡BINGO!

El Leeds United fue campeón dos veces cuando su entrenador era Don Revie, en 1969 y 1974. Rápidamente, el exjugador del Leeds consiguió impulsar un espíritu de unión en el equipo. Organizó salidas nocturnas de carácter social para los jugadores y sus familias, en las que se incluyeron actividades como jugar al dominó y al bingo. «Todo nuestro *ethos* se construyó alrededor de la lealtad. Luchamos los unos por los otros, trabajamos los unos para los otros», dijo el centrocampista Peter Lorimer. Eso sí es un auténtico trabajo en equipo.

EL RELOJ HACE TIC-TAC

Ser entrenador de fútbol es un trabajo que puede darte prestigio, pero que se puede acabar muy pronto. Eres responsable de los resultados del equipo, que pueden afectar a las veces que la gente vea al club por televisión o a sus acuerdos de patrocinio. También deberás mantener a todo el mundo muy motivado para que lo den todo. No es un trabajo solo con respecto a los once jugadores que empiezan cada partido, sino también en relación con los que no juegan. Es importante que los hinchas y los directivos también te aprecien. Aquí tienes algunos entrenadores que no funcionaron muy bien en su nuevo cargo:

Entrenador: Leroy Rosenior
Cuánto tiempo en el trabajo: 10 minutos
Club y año: Torquay, 2007
Motivo: El club tuvo nuevo propietario justo cuando él entró, y este lo despidió

Entrenador: Marcelo Bielsa
Cuánto tiempo en el trabajo: 2 días
Club y año: Lazio, 2016
Motivo: No se fichó a los jugadores que le prometieron y él se marchó

Entrenador: Dave Bassett
Cuánto tiempo en el trabajo: 4 días
Club y año: Crystal Palace, 1984
Motivo: Basset se dio cuenta de que prefería su antiguo club, el Wimbledon, así que regresó

LECCIONES DE VIDA DE FERGIE

Alex Ferguson es el mejor entrenador del Manchester United de todos los tiempos. Una vez dio algunos consejos sobre cómo dirigir un equipo; consejos que aparecen en la lista que verás a continuación. En la Escuela de Fútbol creemos que son grandes ideas que se deben tener en cuenta:

1. Empieza por los fundamentos
2. Atrévete a reformar
3. Márcate un listón alto
4. Nunca cedas el control
5. Adapta el mensaje a cada momento
6. Prepárate para ganar
7. Confía en la observación
8. No dejes nunca de adaptarte

LEO TEMPLE
⭐ ALUMNO ESTRELLA

ABRAZOS ♥ GRATIS

66 ¡Yo me encargo! 99

⭐⭐ ALUMNO ESTRELLA — datos

Máximo tiempo sin pensar en fútbol: 8 minutos
Libros de entrenamiento leídos: 26
Lecciones de vida en la libreta: 137
Lugar de nacimiento: Guía de Isora (Canarias)
Hincha de: Itagüí Leones (Canarias)
Jugador favorito: Claudio Bravo
Habilidad: Unir el equipo

TEST DE PSICOLOGÍA

1. ¿Qué es un psicólogo?

a) Una persona experta en la mente y en el comportamiento humanos

b) Una persona que predice el futuro

c) Una persona que puede marcar tres goles en cada partido

d) Un experto en bailar la canción de «Gangnam Style»

2. ¿Qué es un perfeccionista?

a) Una persona perfecta

b) Una persona que ama a las personas perfectas

c) Una persona que solo acepta la perfección

d) Una persona que ronronea

3. ¿Cuántas personas participaron en el abrazo en grupo más grande del mundo, que tuvo lugar en Canadá en el año 2010?

a) 1.055
b) 10.554
c) 105.554
d) 1.554.000

4. ¿A cuál de los siguientes entrenadores le gusta abrazar?

a) Zinedine Zidane
b) Antonio Conte
c) Eddie Howe
d) Thomas Tuchel

5. ¿Por qué Arsène Wenger prohibió las bebidas gaseosas en los entrenamientos?

a) Los jugadores bebían durante los partidos

b) El exceso de azúcar era malo para los jugadores

c) El suelo siempre estaba pegajoso porque escupían la bebida

d) Los jugadores orinaban demasiado

MENÚ DE BATIDOS

Lo que los futbolistas comen y beben no solo es importante en un día de partido, sino durante toda la temporada. Los jugadores procuran tomar los alimentos más saludables para mantenerse en forma y para que su nivel de rendimiento sea alto. En este club extraescolar te mostraremos lo fácil que es preparar un tentempié saludable en casa. ¡Con solo poner unas cuantas frutas y verduras en una batidora, obtendrás unos resultados increíbles! Aquí tienes algunas recetas de batidos que gustan a todos en la Escuela de Fútbol. ¡Disfruta con la fruta!

Batido 1: La delicia de plátano de Ben

Los plátanos están llenos de nutrientes que son geniales para tu cuerpo: potasio, que es bueno para el corazón; hidratos de carbono, para darte energía; y fibra, para mejorar la digestión. Los frutos secos contienen proteínas, que ayudan a construir los músculos del cuerpo.

Ingredientes: 1 plátano, un puñado de nueces, 2 tazas de leche, 1 cucharadita de miel

También puedes añadir: manteca de cacahuete, piña, cacao en polvo, arándanos, jengibre

BUENO PARA... aumentar la energía antes del entreno
SENSACIÓN EN PALADAR: 1/3

Batido 2: Bomba de vitamina C

Este batido, hecho con frutas con un alto contenido en vitamina C, protegerá tu cuerpo en invierno y te ayudará a recuperarte después del entrenamiento. La vitamina C potencia nuestro sistema inmunitario y nos ayuda a mantener lejos los resfriados y otras enfermedades. ¡No conviene tener un ataque de estornudos cuando estás a punto de chutar a gol!

Ingredientes: 1 pomelo (pelado), 1 piña cortada a trozos, 1 taza de fresas, 1/2 taza de yogur

También puedes añadir: mango, naranja, kiwi, frambuesas, col kale

BUENO PARA... recuperarse después del entrenamiento y tras una enfermedad
SENSACIÓN EN PALADAR: 2/3

Batido 3: Degustación de aguacate de Alex

Algunos científicos afirman que ciertas frutas, como los arándanos y los aguacates, son muy buenas para el cerebro. Desde luego, son deliciosos sean cuales sean sus efectos. A Alex le encantan los arándanos y los aguacates. ¡Quizá por eso es tan bueno en matemáticas!

Ingredientes: 1/2 aguacate (pelado), 1 taza de arándanos, 1 taza de yogur, 1/2 taza de leche, el jugo de 1/2 lima

También puedes añadir: grosella negra, manzana, remolacha, limón

BUENO PARA... el bienestar general
SENSACIÓN EN PALADAR: 3/3

¡ADVERTENCIA! Pídele siempre a un adulto que te ayude a cortar la fruta y a utilizar la batidora. Si tienes diabetes o alguna alergia, pregúntale primero a un adulto.

Todos los clubs de fútbol tienen un símbolo.

Este símbolo (que se llama escudo, emblema o logo) aparece en la camiseta del equipo. Tiene una función práctica: identificar a los miembros de ese club. Pero también tiene otro uso. Las formas, los colores y las palabras del emblema reflejan la historia del equipo, así como sus valores. Es como si todo lo que tenga que ver con el club se resumiera en el emblema. Ese es el motivo por el cual a muchos jugadores les gusta besarlo cuando marcan un gol.

El emblema de la Escuela de Fútbol tiene dos áreas de penalti, un balón, un libro y una estrella dorada. Creemos que estas cosas dicen mucho sobre nuestra escuela: ¡que es un lugar para divertirse, para el fútbol, para aprender y para las estrellas!

Muchos de los emblemas de los clubs están inspirados en los **escudos de armas**, que eran símbolos que utilizaban los ejércitos, las familias ricas, los pueblos y los negocios. En esta lección aprenderás a crear un escudo de armas. Este escudo explicará la historia de quién eres. Y si alguna vez tienes un equipo de fútbol, también podrá ser tu emblema.

¡A las armas!

UNA PUNTADA DE HISTORIA

Antes de empezar a diseñar nuestro escudo de armas, echemos un vistazo a qué eran y de dónde provenían.

En 1066, el ejército inglés fue derrotado, en la batalla de Hastings, por los normandos invasores dirigidos por Guillermo el Conquistador. En esa época no había cámaras. Así que, para recordar una victoria, se hacían unos bordados en un trozo de tela de 70 metros de longitud que mostraban diferentes escenas de la batalla, como cuando el rey inglés Haroldo murió, supuestamente por una flecha que se le clavó en el ojo. ¡Uf! Ese gigantesco trozo de tela se conoce hoy en día como el tapiz de Bayeux.

El tapiz nos ofrece una visión única de cómo vestían los soldados en esa época y de las armas que utilizaban. Y nos muestra que algunos de los soldados llevaban unos escudos decorados con imágenes concretas y reconocibles. Por ejemplo, en algunos escudos se ve una cruz; en otros se ve un animal. Los historiadores creen que los ejércitos mostraban esos símbolos en los escudos para que los soldados pudieran saber rápidamente quiénes eran amigos y quiénes eran enemigos, ¡lo cual, la verdad, es muy útil cuando estás en medio de una batalla! No tenía sentido escribir palabras en los escudos, pues eran pocos los soldados que sabían leer.

Esos símbolos militares se conocieron, más tarde, como «escudos de armas» porque también se llevaban en las túnicas que cubrían la armadura. El sistema de normas para el diseño y el uso de los escudos de armas se llama **heráldica**.

ATENCIÓN A LA HERÁLDICA

Unos doscientos años después de la batalla de Hastings, unos individuos ricos y poderosos empezaron a copiar y a utilizar los escudos de armas para sus propias familias. Y, más adelante, también los pueblos y los condados adoptaron los escudos de armas como símbolos.

Luego le llegó el turno de hacerlo al fútbol. En 1875, el Blackburn Rovers fue el primer club de Inglaterra en llevar un símbolo en su camiseta. El equipo mostraba la cruz de Malta (que se ve en la bandera del dibujo) sobre la parte izquierda del pecho de la camiseta. Es un símbolo que se asocia a los caballeros; cada una de sus ocho puntas simboliza una característica específica: verdad, fe, arrepentimiento, humildad, justicia, piedad, sinceridad y valentía. ¡Los Rovers ya tenían mucho en que pensar!

Otros clubs también adoptaron el escudo de armas de su localidad. En 1877, el Notts County, por ejemplo, empezó a llevar en sus camisetas un emblema con tres coronas y una cruz: el emblema de la ciudad de Nottingham. Debió de ser porque la plantilla del Notts County estaba formada por los miembros de la clase alta de Nottingham; muchos de ellos jugaban en equipos de rugby que también mostraban símbolos similares en su camiseta.

¡Era genial con los pases cruzados!

CHOQUE DE SÍMBOLOS

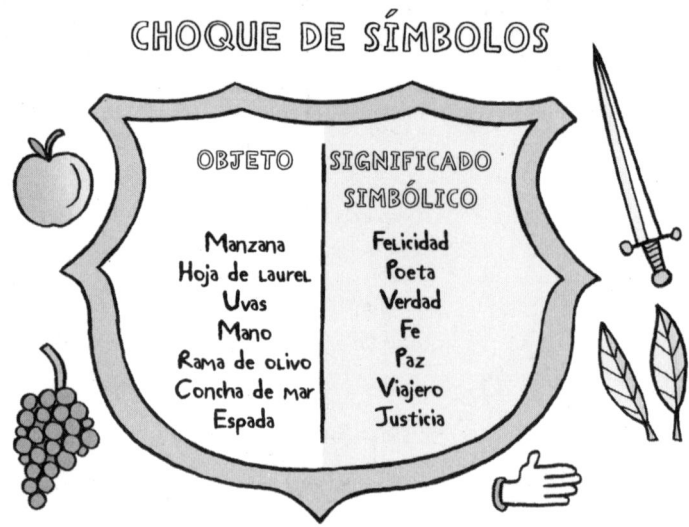

OBJETO	SIGNIFICADO SIMBÓLICO
Manzana	Felicidad
Hoja de laurel	Poeta
Uvas	Verdad
Mano	Fe
Rama de olivo	Paz
Concha de mar	Viajero
Espada	Justicia

Un escudo de armas está formado por varias partes diferentes. Normalmente tiene una concha, dos animales que sostienen esta concha y un pequeño texto llamado «lema». La concha puede presentar cualquier forma o color, y estar decorada con diferentes objetos. Los animales también pueden ser los que quieras imaginarte…, incluso seres mitológicos.

Sin embargo, tradicionalmente, los objetos, los colores y las criaturas que aparecen en un escudo de armas eran símbolos que

COLOR	SIGNIFICADO SIMBÓLICO
Azul	Lealtad
Oro	Generosidad
Verde	Esperanza
Naranja	Ambición
Morado	Realeza
Blanco	Paz

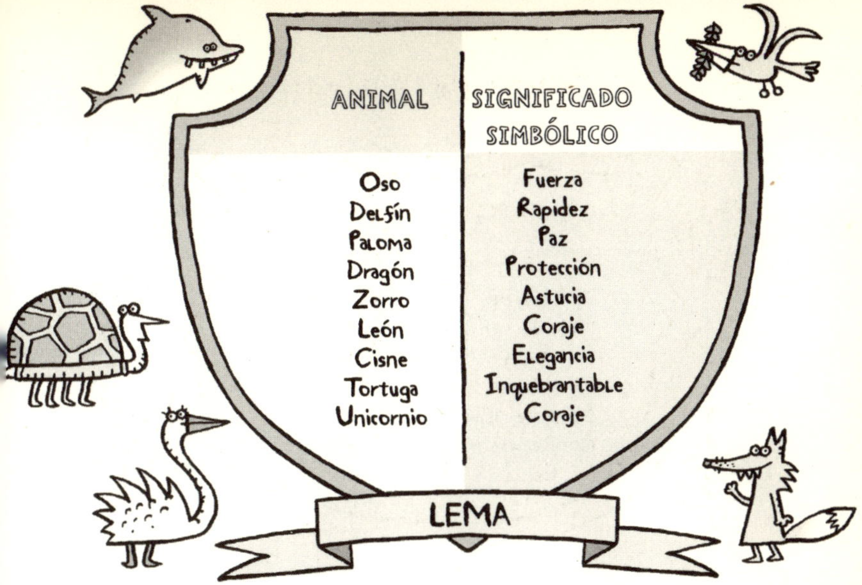

ANIMAL	SIGNIFICADO SIMBÓLICO
Oso	Fuerza
Delfín	Rapidez
Paloma	Paz
Dragón	Protección
Zorro	Astucia
León	Coraje
Cisne	Elegancia
Tortuga	Inquebrantable
Unicornio	Coraje

LEMA

representaban algo diferente. Por ejemplo, una manzana significaba felicidad; un león, coraje; mientras que el azul indicaba lealtad. Utilizar símbolos en el escudo de armas era una manera de mostrar a la gente las habilidades y los atributos que uno valoraba, así como el tipo de persona que uno era.

En esta página, vemos algunos de los significados de los objetos que encontrarás en los escudos de armas. A continuación, te mostramos algunos objetos y símbolos que hemos inventado para nuestros días:

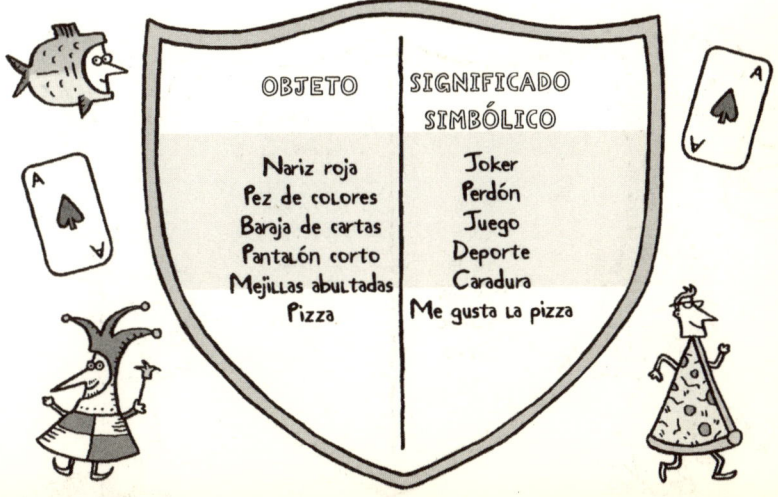

OBJETO	SIGNIFICADO SIMBÓLICO
Nariz roja	Joker
Pez de colores	Perdón
Baraja de cartas	Juego
Pantalón corto	Deporte
Mejillas abultadas	Caradura
Pizza	Me gusta la pizza

¡UN MONTÓN DE LEMAS!

Otra parte importante del escudo de armas es el lema. Un lema es una frase corta que resume tus creencias y tu forma de vivir la vida. Aquí tienes el de Alex y el de Ben:

> ALEX:
> FAMILIA + NUMERI X ROTAE
> = GAUDIUM
> (Familia + matemáticas X ruedas = felicidad)
>
> BEN: FAMILIA, RISUS ET PIZZA
> (Familia unida, con risas y pizza)

Los lemas se pueden escribir en cualquier idioma, pero muchas personas eligen el latín, que es la lengua de la antigua Roma y que ya nadie habla. La profesora Mary Beard, de la Universidad de Cambridge, dice que el latín es perfecto para un lema porque es más contundente y breve, y hace que parezca más inteligente que en otro idioma. La profesora Beard dice que, en su departamento, siempre están recibiendo solicitudes de organizaciones benéficas y de clubs deportivos para que les traduzcan las frases al latín.

Algunos clubs de fútbol todavía tienen lemas en latín. El Bury tiene *Vincit Omnia Industria*, que significa «El trabajo duro lo puede todo», mientras que el Blackburn Rovers tiene *Arte et Labore*, que significa «con habilidad y trabajo duro». (¡Hay diferentes modos de decir «trabajo duro» en latín!) Otros clubs (cuyos nombres encontrarás en la página siguiente) mostraban lemas en latín en sus emblemas, pero los han eliminado en los últimos años:

*CUIDADO CON EL PERRO

CLUB	LEMA EN LATÍN	TRADUCCIÓN
Arsenal	*Victoria Concordia Crescit*	Victoria a través de la armonía
Everton	*Nil Satis Nisi Optimum*	Solo lo mejor es suficiente
Manchester City	*Superbia in Proelio*	Orgullo en la batalla
Sheffield Wednesday	*Consilio et Animis*	Con sabiduría y coraje
Tottenham Hotspur	*Audere est Facere*	Atreverse es hacer

LEMAS MARAVILLOSOS

Estos son algunos de nuestros lemas favoritos:

Club: Asante Kotoko (Ghana)
Lema: *Kum Apem A, Apem Beba* (Asante Twi)
Significado: Mata un millar y un millar más vendrán

Club: Queen's Park (Escocia)
Lema: *Laudere Causa Laudendi* (Latín)
Significado: Jugar por jugar

Club: Barcelona (España)
Lema: *Més que un club* (Catalán)
Significado: Más que un club

Club: Liverpool (Inglaterra)
Lema: You'll Never Walk Alone
Significado: Nunca caminarás solo

Club: Sporting Lisbon (Portugal)
Lema: *Esforço, Dedicação, Devoção, Glória* (Portugués)
Significado: Esfuerzo, dedicación, devoción, gloria

GRANDES EMBLEMAS

Aquí tienes nuestra versión de algunos emblemas geniales de todo el mundo, para que te inspires al diseñar el tuyo.

Sampdoria (Italia): El escudo de la Sampdoria incluye una imagen de un viejo marinero llamado Baciccia, conocido como lupo di mare (lobo de mar), con una pipa en la boca. Es porque la Sampdoria está en Génova, la mayor ciudad portuaria de Italia.

Bohemians (República Checa): El Bohemians tiene un canguro verde en su emblema porque hicieron una gira por Australia en 1927, en la que les regalaron dos canguros para que se los llevaran a casa. ¡Pero no creemos que fueran verdes!

Ajax (Países Bajos): El Ajax tiene en su emblema un dibujo de un antiguo héroe griego conocido por su habilidad como guerrero. Aparece dibujado con once líneas separadas que representan los once jugadores el equipo.

Valencia (España): La ciudad que da nombre al club tiene un murciélago en su escudo, y el equipo ha incorporado el mismo animal en su emblema. El murciélago abre las alas hasta el borde del emblema.

Gent (Bélgica): Los hinchas del Gent se llaman a sí mismos los Búfalos porque, en 1895, un estadounidense llamado Búfalo Bill visitó Bélgica con su circo. Los espectadores cantaron «¡Búfalo, Búfalo!» durante el espectáculo, y la palabra se les pegó. Pronto, los hinchas la cantaban durante los partidos del Gent. Así fue como el club recibió su sobrenombre.

Y no te olvides de nuestro escudo de armas:

TÉRMINOS Y CONDICIONES DE UTILIZACIÓN

Si estás encantado con tu escudo de armas, quizá quieras que reciba la aprobación oficial. Para que te hagas una idea, el College of Arms, que es el organismo oficial que ejerce los poderes otorgados por la Corona inglesa, cobra unas 6.000 libras por otorgarte tu escudo de armas personal. Desde allí nos han informado de que a ningún club de fútbol le ha sido otorgado el escudo de armas. «Técnicamente, su utilización de los escudos no es legal», nos han dicho. ¡Está feo!

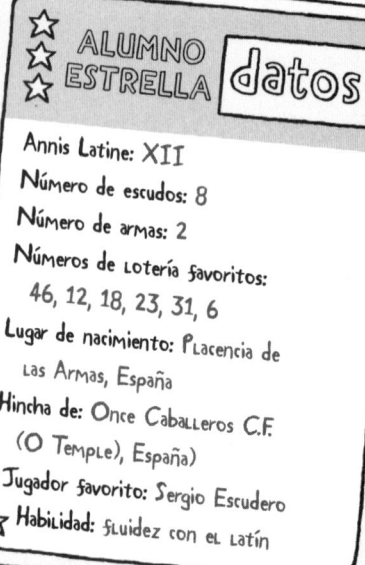

TEST DE ARTE

1. ¿A quién hay que pedirle permiso oficial para utilizar un escudo de armas?

   a) The Arms Academy
   b) The College of Arms
   c) Arms R Us
   d) Army McArmface

2. ¿Qué significa la frase en latín *Magnus frater spectat te*?

   a) Magnus soltó un eructo al ponerse las gafas
   b) El gran hermano nos vigila
   c) Debes vigilar al hermano de Magnus
   d) El hermano de Magnus te vigila

3. ¿Qué animal aparece en el emblema del Liverpool?

   a) Cormorán
   b) Dragón
   c) Unicornio
   d) Yeti

4. ¿Qué club argentino, en el que Lionel Messi empezó su carrera, tiene un emblema negro y rojo con las iniciales N. O. B.?

   a) Nueva Olimpico Barracuda
   b) Nunca Organices Banquetes
   c) Neuquen Olimpo Brown
   d) Newell's Old Boys

5. ¿Cuál es la imagen que aparece en el emblema de la Roma?

   a) Gladiador Cassius Maximus luchando en el Coliseo
   b) Una loba amamantando a Rómulo y Remo
   c) Unas palomas volando
   d) Un soldado en un desfile

Viernes Lección 5 — EMPRENDIMIENTO

Ganar dinero es difícil, pero a veces gastarlo es la parte más dura. Es como cuando Ben quiere unas zapatillas nuevas. Tiene el dinero en el bolsillo, pero no puede decidir cuáles comprar. Tiene la cabeza llena de preguntas:

Ben debe decidir qué es lo más importante de sus zapatillas nuevas, y comparar eso con el precio de las zapatillas en la tienda. Debe decidir si las zapatillas que quiere valen el dinero que cuestan. ¡Y tarda siglos y siglos en decidirse!

El mismo proceso ocurre cuando vamos de compras, tanto si queremos unas zapatillas, unos dulces, unos juguetes o un coche. Nos preguntamos: «¿Vale la pena pagar tanto dinero por esta compra?».

Hoy hablaremos sobre vender y fichar futbolistas. Veremos cómo los clubs deciden los fichajes y, una vez decididos, cómo lo hacen.

¿Trato hecho?

EL PRECIO ES CORRECTO

Cuando compras una botella de leche, sabes lo que te llevas: una botella de leche. Sabes que la leche de una tienda es igual que la leche de otra tienda. Sabes que deberás bebértela en unos días, antes de que se estropee. Y sabes que todas las botellas de leche cuestan más o menos lo mismo.

Los futbolistas no son como la leche. Cada futbolista es diferente y cada uno vale una cantidad distinta de dinero. He aquí algunos factores que determinan el precio de un jugador:

Estatus internacional: Si alguien juega para su país, será más caro. Si un jugador ha sido elegido para el equipo nacional, significa que es uno de los mejores, y eso hace que sea más caro.

Edad: Los jugadores que se encuentran en la veintena son más caros porque es cuando rinden más. Algunos futbolistas que son muy rápidos pueden volverse más lentos con la edad.

Posición: Los delanteros suelen ser más caros porque son los que marcan los goles. Eso te hace ganar o perder. Es mucho más difícil decidir el auténtico valor de un portero; por tal razón, suelen ser los más baratos.

Estatus de celebridad: A veces los clubs no piensan solamente en el rendimiento, sino en si el jugador es famoso o no. Un futbolista estrella con carisma hará aumentar el interés por el equipo; eso significará que el club ganará más dinero en *marketing* y patrocinio. Las empresas pagan mucho dinero para asociarse con celebridades. Como resultado de ello, los jugadores famosos fichan por mayores cantidades de dinero.

Nacionalidad: Desde 2005, la Liga española permite alinear a un máximo de tres futbolistas extracomunitarios (es decir, de fuera de la Unión Europea) por equipo. Por otro lado, los fichajes de jugadores que provienen de países con mucha tradición futbolística (por ejemplo, Brasil o Argentina) suelen ser más caros que futbolistas de, por ejemplo, Malta o Zimbabue, porque crea muchas más expectativas tener a un brasileño o a un argentino en tu equipo.

CONTRATOS COMPLICADOS

Otro motivo por el que los jugadores son diferentes a las botellas de leche es que comprar una botella de leche es algo muy fácil: pagas el dinero y te llevas la leche, que ya será tuya para siempre (hasta que orines, claro).

Cuando fichas a un futbolista, el proceso es mucho más complicado. Para empezar, un club no puede contratar a un jugador para siempre. Lo ficharás por un periodo de tiempo establecido que quedará acordado en un contrato, que es un trozo de papel que establece los términos y las condiciones del fichaje. Tanto el jugador como el club deberán firmar el contrato; cuando un futbolista ficha por un club, diremos que ha firmado el contrato con ese equipo, o que este ha firmado el contrato con el jugador.

Cuando un club ficha a uno de los mejores jugadores, intentará hacerlo por un largo periodo de tiempo para evitar que un club rival se lo quite. Los futbolistas que están a punto de finalizar su contrato suelen ser más baratos de fichar que los jugadores que están al principio o en medio de él. Y es que, al finalizar el contrato, el club ya no será el propietario del jugador. En este caso, no obtendrá nada por el traspaso.

UN NEGOCIO DE RIESGO

Los futbolistas son una compra de riesgo. Nunca se sabe cómo se adaptará un jugador a su nuevo equipo. A veces, no consiguen adaptarse porque:

- ⚽ Echan de menos a su familia
- ⚽ No logran asimilar una nueva táctica
- ⚽ No hablan el idioma
- ⚽ No les gusta vivir en una casa nueva
- ⚽ El tiempo les parece demasiado cálido/frío
- ⚽ Se lesionan
- ⚽ Están demasiado ocupados yendo de fiesta

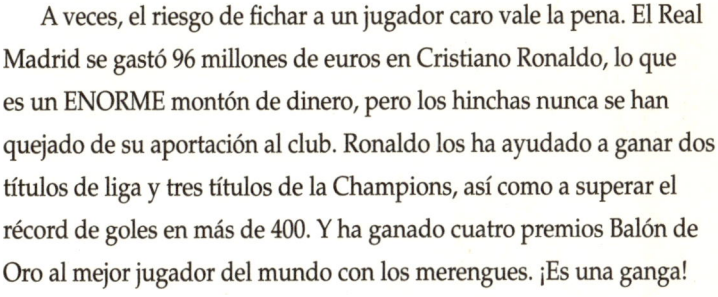

A veces, el riesgo de fichar a un jugador caro vale la pena. El Real Madrid se gastó 96 millones de euros en Cristiano Ronaldo, lo que es un ENORME montón de dinero, pero los hinchas nunca se han quejado de su aportación al club. Ronaldo los ha ayudado a ganar dos títulos de liga y tres títulos de la Champions, así como a superar el récord de goles en más de 400. Y ha ganado cuatro premios Balón de Oro al mejor jugador del mundo con los merengues. ¡Es una ganga!

LOS JUGADORES MÁS CAROS DEL MUNDO

JUGADOR	FECHA	CLUB VENDEDOR	CLUB COMPRADOR	CANTIDAD
Paul Pogba	2016	Juventus	Manchester United	105 millones
Gareth Bale	2013	Tottenham Hotspur	Real Madrid	101 millones
Cristiano Ronaldo	2009	Manchester United	Real Madrid	96 millones
Gonzalo Higuaín	2016	Nápoles	Juventus	90 millones
Luis Suárez	2014	Liverpool	Barcelona	81 millones

CÓMO SE HACE UN TRASPASO

Cuando un jugador que pasa de un club a otro (normalmente cuando el primero vende y el otro compra), se dice que se hace un traspaso. El proceso tiene varias etapas:

1. EL *SCOUTING*

El club que busca un nuevo jugador elabora una lista de nombres. Se analizará a los jugadores según su posición, edad, velocidad, altura, habilidad, precio y potencial de mejora. Luego se elabora una lista de hasta diez nombres e intentará fichar a la primera opción.

2. PETICIÓN

Si un club está interesado en un jugador que tiene contrato en vigor con otro equipo, necesitará el permiso por escrito del club propietario para hablar con el futbolista. La mayoría de los jugadores tienen un agente, que es la persona que se encarga de sus asuntos. Normalmente, primero el club interesado en el jugador se pone en contacto con el agente del jugador que quiere contratar; si el futbolista está dispuesto a considerar su propuesta, realizará un acercamiento oficial.

3. NEGOCIACIONES

Los responsables de los dos clubs negociarán un precio por correo electrónico, por teléfono o en persona. El traspaso del jugador se puede frustrar en ese momento porque los clubs valoren de diferente forma a los futbolistas. También deberán discutir la forma de pago: quizás el club pague la suma total de una vez, pero casi todos pagan en varios plazos que, a veces, son de años.

4. TÉRMINOS Y CLÁUSULAS PERSONALES

El acuerdo no se cierra hasta que se formaliza un contrato por escrito entre el club y el jugador. El contrato incluirá detalles como cuánto tiempo estará el futbolista en el club, cuál será su salario mensual y si tendrá algunas primas extras según los partidos jugados, los goles marcados o los trofeos ganados. El club también puede incluir una cláusula (que es la palabra que utilizan los abogados para referirse a un aspecto concreto del contrato) que establezca que, si el equipo baja de categoría, podrá reducir el salario.

5. RECONOCIMIENTO MÉDICO

Antes de cerrar el acuerdo, el club realizará una revisión médica completa al jugador para asegurarse de que no tiene ninguna lesión oculta. Una revisión puede durar un par de días, pues el futbolista debe someterse a un chequeo completo. En él se incluye una revisión completa del estado del corazón, de la espalda y de la pelvis, puesto que tienen un impacto directo en la movilidad. Los porteros se someten, además, a revisiones de los hombros, los codos y las muñecas. Algunos clubs incluso realizan pruebas de vista y oído.

¡Alex, he dicho QUE ALGUNOS CLUBS INCLUSO REALIZAN PRUEBAS DE LA VISTA Y DEL OÍDO!

PUEDES TU EADTH ES

6. PAPELEO FINAL

El traspaso se cierra cuando todos los detalles del contrato quedan registrados por la federación de fútbol correspondiente o se inscriben en la base de datos de la FIFA, si se traspasa un jugador a otro país. En este último caso, se emite un CTI, un certificado de transferencia internacional.

¡UNA CUCHARADA MÁS, POR FAVOR!

A veces, no es dinero lo que se mueve en un traspaso.

UN CONGELADOR LLENO DE HELADO

Hugh McLenahan, del Stockport al Manchester United (1927)

El Stockport llevaba a cabo un evento para recaudar fondos con el fin de aliviar sus problemas financieros. El ayudante de campo del United Louis Rocca (cuya familia dirigía un negocio de helados) envió dos congeladores llenos de helados a cambio de un defensa. McLenahan jugó más de 100 partidos y llegó a ser, incluso, el capitán durante un tiempo. ¡Pensar en ese negocio hace que me entre un escalofrío!

EL PESO EN GAMBAS

Kenneth Kristensen, del Vindbjart al Fløy (2002)

¡Qué buena presa! El Fløy, un club de la tercera división noruega, quería fichar a un delantero de su club rival, el Vindbjart. Este último decidió que pedir el peso del futbolista en gambas sería un buen trato. Jugaron el fin de semana siguiente. Kristensen pesaba 75 kilos. Y en eso se cerró el acuerdo.

30 CHÁNDALES

Zat Knight, del Rushall Olympic al Fulham (1999)

El Fulham le sacó mucho provecho a Knight, a quien compró a un equipo de aficionados, el Rushall Olympic. No tuvieron que pagar nada, pero Mohamed Al-Fayed, el propietario, envió 30 chándales como muestra de agradecimiento. Knight acabó jugando en Inglaterra y lo traspasaron al Aston Villa por 3,5 millones de libras. ¡Esperamos que los chándales fueran bonitos!

CLÁUSULAS CONFUSAS

Algunos contratos tienen cláusulas muy extrañas:

Jugador: Spencer Prior
Club: Cardiff City
Cláusula: El jugador tenía que comerse los testículos de un carnero después de fichar. El

propietario del club, Sam Hammam, era un hombre de negocios a quien le encantaba divertirse; era del Líbano, donde este plato es una exquisitez que se sirve con una salsa de limón y perejil. Hammam añadió esta cláusula para reírse un rato. *¡Beeeee!*

Jugador: Mario Balotelli
Club: Liverpool
Cláusula: El delantero italiano tenía reputación de portarse mal sobre el campo de juego, así que le dijeron que le darían un premio si lo expulsaban MENOS de cuatro veces en una temporada y si NO escupía a ningún contrincante. ¡Nunca debió de hacer tal cosa! Balotelli consiguió portarse bien. ¿El premio? ¡Un millón de libras!

Jugador: Dennis Bergkamp
Club: Arsenal
Cláusula: Bergkamp insistió en una cláusula que estableciera que nunca tendría que viajar en avión, pues tenía miedo a volar.

Jugador: Stefan Schwarz
Club: Sunderland
Clause: No se le permitía viajar al espacio. Su agente había acordado un viaje en uno de los primeros viajes al espacio con pasajeros, y el club que lo fichó tenía miedo de que se llevara al jugador con él. No sucedió nunca. Y Schwarz recibió el apodo de Hombre del Espacio.

ALICIA RICA

ALUMNA ESTRELLA

66 ¡Hagamos un trato! 99

ALUMNA ESTRELLA datos

Número de cláusulas del contrato: 26
Número de subcláusulas del contrato: 431
Número de Santas Cláusulas: 1
Lugar de nacimiento: Parné-sur-Roc, Francia
Hincha de: Fortuna Düsseldorf (Alemania)
Jugador favorito: Gabriel Mercado
Habilidad: La más rápida firmando autógrafos

TEST DE EMPRENDIMIENTO

1. ¿Por qué posición de jugador se acostumbra a pagar menos dinero en el mercado?

   a) Portero
   b) Defensa
   c) Centrocampista
   d) Delantero

2. Según su contrato, ¿qué le estaba prohibido hacer al defensa noruego Stig Inge Bjørnebye mientras jugaba con el Liverpool en la década de los noventa?

   a) Salto de esquí
   b) Pescar truchas
   c) Pintar
   d) Marcar goles

3. Qué significa CTI?

   a) Confusión de Transferencia Intensa
   b) Contrato de Transferencia Ilusorio
   c) Cláusula de Transferencia Inmediata
   d) Certificado de Transferencia Internacional

4. El delantero Christian Benteke estaba muy contento de que su club, el Crystal Palace, hubiera fichado en verano de 2016 a un jugador. ¿Cuál era?

   a) Su tío Steve Mandanda
   b) Su mejor amigo, Mathieu Flamini
   c) Su hermano, Jonathan Benteke
   d) Su héroe, Andros Townsend

5. ¿Cuál era el oficio del defensa Cohen Bramall antes de que lo fichara el Arsenal para el Hednesford Town en enero de 2017?

   a) Trabajador en una fábrica de coches
   b) Escritor de predicciones
   c) Entrenador personal de gimnasio
   d) Instructor de perros surfistas

FESTIVAL DE RONQUIDOS

Es fin de semana, así que ha llegado el momento de disfrutar de un merecido tiempo de descanso. Los futbolistas necesitan dormir y disponer de tiempo para recuperarse para poder rendir al máximo: deben dormir un número de horas adecuado y asegurarse de que se relajan correctamente entre partido y partido. Este club extraescolar está dedicado a cómo relajarse, ¡pero deberás conectarte para aprender a desconectar!

Relajación 1: Oscuridad y frescor

NOVENTA minutos antes de la hora en que quieres dormirte, desconecta todos los aparatos electrónicos: teléfonos, tabletas y ordenadores. ¡Es el mismo tiempo que dura un partido de fútbol! Asegúrate de que tu habitación está tan oscura como sea posible y mantenla a una temperatura fresca.

Ben "Boli" es Zen

BUENO PARA… conseguir un rendimiento máximo al día siguiente
CLASIFICACIÓN DE RECUPERACIÓN: 1/4

Relajación 2: Amor por la musculatura

Debes tumbarte en la cama. Inspira profundamente, tensa los dedos de los pies y los mismos pies durante unos segundos y expulsa el aire lentamente. Tensa la musculatura de las piernas durante unos segundos y luego relájala. Luego, continúa subiendo por el cuerpo: hazlo con los muslos, la zona de la barriga, la parte baja de la espalda, el pecho, la parte alta de la espalda, las manos y los brazos.

BUENO PARA… aliviar la tensión de los músculos
CLASIFICACIÓN DE RECUPERACIÓN: 2/4

Relajación 3: Imagínatelo

Piensa en algo que quieras de verdad. Quizá sea entrar en el equipo de fútbol de la escuela, sacar buenas notas en algún trabajo o, incluso, hacer un pastel. Luego piensa en todos los pasos que debes dar para conseguir tal objetivo. Para cada paso, concéntrate en las imágenes que aparecen en tu mente. ¡A veces, imaginar el proceso poco a poco para conseguir lo que quieres (una técnica que se llama visualización) ayuda a que eso suceda!

BUENO PARA… reducir la ansiedad, concentrarte en los pasos necesarios para conseguir un objetivo
CLASIFICACIÓN DE RECUPERACIÓN: 3/4

Relajación 4: El truco del 4-7-8

¡Este es un ejercicio de yoga que, según los expertos, puede hacer que te quedes dormido en un minuto! Apoya la punta de la lengua en la parte interior de los dientes superiores y mantenla ahí. Luego espira profundamente por la boca. Cierra la boca y continúa respirando por la nariz durante unos 4 segundos. Aguanta la respiración durante 7 segundos. Exhala por la boca durante 8 segundos. Repítelo 3 veces. Este ejercicio puede necesitar 2 meses de práctica para que lo controles, pero, cuando lo consigas, ¡estarás haciendo zzzzzzzz al instante!

BUENO PARA… relajar el cuerpo y estar en calma
CLASIFICACIÓN DE RECUPERACIÓN: 4/4

RESPUESTAS

EDUCACIÓN SOCIAL Y SANITARIA
1. d
2. b
3. a
4. a
5. b

LENGUAS EXTRANJERAS
1. b
2. c
3. c
4. a
5. c

FÍSICA
1. d
2. c
3. c
4. a
5. c

HISTORIA
1. b
2. d
3. a
4. a
5. d

GEOGRAFÍA
1. b
2. d
3. d
4. a
5. b

ESTUDIOS CINEMATOGRÁFICOS
1. b
2. a
3. b
4. d
5. b

DISEÑO Y TECNOLOGÍA
1. d
2. d
3. b
4. c
5. c

LENGUA
1. a
2. c
3. b
4. a
5. c

HISTORIA Y CULTURA DE LAS RELIGIONES
1. a
2. a (Gabriel Jesus y Jesús Navas)
3. b
4. d
5. c

BIOLOGÍA
1. d
2. b
3. c
4. b
5. b

MATEMÁTICAS
1. b
2. d
3. a
4. b
5. c

PSICOLOGÍA
1. a
2. c
3. b
4. b
5. b

ARTE
1. b
2. b
3. a
4. d
5. b

EMPRENDIMIENTO
1. a
2. a
3. d
4. c
5. a

AGRADECIMIENTOS

El premio al ganador del Hombre del Partido de la Escuela de Fútbol es para el ilustrador Spike Gerrell. ¡Siempre que dibuja marca gol!

El equipo de Walker Books tiene un gran talento. Estamos agradecidos a la capitana Daisy, *DJ*, Jellicoe y a su equipo: Denise Johnstone-Burt, Louise Jackson, Laurelie Bazin, Jenny Bish, Simon Armstrong, Alex Spears, Rosi Crawley y Kirsten Cozens.

Gracias otra vez a nuestro equipo de primera de Janklow & Nesbit: Rebecca Carter, Rebecca Folland y Kirsty Gordon; y en David Luxton Associates, a David Luxton, Rebecca Winfield y Nick Walters.

Queremos agradecerles a los siguientes expertos que hayan compartido su conocimiento con nosotros: Roma Agrawal, Duncan Alexander, Marcus Alves, Dr. Anthony Bale, Jack Bates, Doctor Lucja Biel, Charlie Brooks, Mads Burheim, Doctor David Carey, Doctor Mick Chappell, Peter Chipcase, Rhys Courtney, Michiel de Hoog, Wink de Putter, Taras Dolinsky, Dave Farrar, Caroline Federman, Daniel Geey, Manleen Gill, Gemma Gordon, Matt Grace, Jonathan Harding, Martyn Heather, Alex Holiga, Raphael Honigstein, Gary Hughes, Doctor Paul Ibbotson, Motoko Jitsukawa, Uğur Karakullukçu, Sergio Krithinas, Christopher Lash, John Ledwidge, Ronnie Leyman, Ian Lynam, Karen Maxwell, Profesor Chris McManus, Steve McNally, Ben Miller, Mike Murphy en Steaditec, Venkat Nallamilli, Ben Oakley, Peter O'Donoghue, Rafael Ortega, Amanda Overend, Lauren Pearson, Tim Reeves, Emre Sarigul, Ionica Smeets, Harry Stopes, Profesor Stefan Szymanski, Benjamin Thompsett, David Winner, Nia Wyn Thomas, Michael Zachodny. Gracias, en especial, a Opta por toda la información para la lección de matemáticas.

Mandamos saludos a nuestros alumnos estrella: Oscar Auerbach, Thomas Elks, Harry McAllester, Flora Pretor-Pinney, Ronnie Thomas-Armstrong y Cass Yechiel.

Asimismo, queremos dar las gracias a Annie por su inspiración y apoyo, y a Clemmy y a Bibi por hacerle reír cada día y por asegurarse de que los chistes que aparecen en este libro son impecables.

Alex quiere darle las gracias a Nat por ser el jugador estrella de su familia, y a Zak y a Barnaby por los abrazos de equipo.

SOBRE TUS ENTRENADORES

Alex Bellos trabaja para el *Guardian*. Ha escrito varios libros de divulgación de ciencia y ha creado dos libros de matemáticas para colorear. Le encantan los rompecabezas..

Ben Lyttleton es periodista, presentador y asesor de fútbol. Ha escrito libros sobre cómo marcar el penalti perfecto y qué podemos aprender de los mejores entrenadores de fútbol.

Spike Gerrell creció con la afición tanto de jugar al fútbol como de dibujar. Ahora dibuja para ganarse la vida. Pero en su corazón siempre será un centrocampista.

OTROS LIBROS DE LOCOS POR EL FÚTBOL

Colecciona la serie de libros de Escuela de Fútbol:

Más información en www.locosporelfutbol.es